Rosa Montero nació en Madrid y estudió Periodismo y Psicología mientras colaboraba con grupos de teatro independiente como Tábano y Canon. Ha publicado en diversos medios de comunicación y desde 1976 trabaja en exclusiva para *El País*. En 1980 ganó el Premio Nacional de Periodismo para Reportajes y Artículos Literarios. En el 2005 obtuvo el Premio Rodríguez Santamaría de Periodismo en reconocimiento a los méritos de toda una vida profesional. Además de las novelas *Crónica del desamor* (1979), *La función Delta* (1981), *Te trataré como a una reina* (1983), *Amado amo* (1988), *Temblor* (1990), *El nido de los sueños* (1991), *Bella y oscura* (1993), *La hija del caníbal* (Premio Primavera 1997) y *El corazón del tártaro* (2001), también es autora de un libro de cuentos —*Amantes y enemigos* (1998)— y de varios vinculados con el periodismo: *España para ti para siempre* (1976), *Cinco años de país* (1982), *La vida desnuda* (1994), *Historias de mujeres* (1995), *Entrevistas* (1996), *Pasiones* (1999) y *Estampas bostonianas y otros viajes* (2002). *La loca de la casa* (2003) ganó el Premio Grinzane Cavour 2005 de literatura extranjera y el Premio Qué Leer 2003 al mejor libro en español, galardón que obtuvo de nuevo por su novela *Historia del Rey Transparente* (2005). Su última novela es *Instrucciones para salvar el mundo* (2008).

www.rosa-montero.com

ROSA MONTERO

Estampas bostonianas

y otros viajes

punto de lectura

Título: Estampas bostonianas y otros viajes

Torrelaguna, 60. 28043 Madrid (España) www.puntodelectura.com

ISBN: 978-84-663-2121-1
Depósito legal: B-40.852-2008
Impreso en España – Printed in Spain

Diseño de cubierta: María Pérez-Aguilera
Ilustración de cubierta: Getty Images
Fotografía de la autora: © Nina Subin

Impreso por Litografía Rosés, S.A.

Primera edición: mayo 2008
Segunda edición: octubre 2008

ROSA MONTERO

Estampas bostonianas

y otros viajes

Índice

Prólogo
Todas las fronteras

A los quince años decidí hacerme periodista por tres razones: porque me gustaba escribir; porque poseía una curiosidad muy grande pero de tipo universal, renuente a fijarse en una sola disciplina; y porque uno de los grandes sueños de mi vida era viajar muchísimo y pensé que el periodismo me ayudaría a hacerlo. Con el tiempo comprobé que había dado en la diana en las tres cosas: escribí y escribo hasta rozar la hartura (he debido de producir un buen montón de kilos de papel impreso); me he asomado a curiosear en mil realidades diferentes, y he viajado hasta la extenuación por todo el mundo.

Por añadidura, los viajes de trabajo son una experiencia muy distinta de los personales: agotan, pero nutren infinitamente más. El periodista es un testigo activo que busca a los protagonistas sociales del país al que va; que se mete en las casas, rebusca en el trasfondo de las cosas, acumula datos, husmea en las zonas oscuras. Guardo en la memoria una sensación extraordinariamente nítida de aquellos países que he recorrido como reportera: me parece que los *entiendo* mejor. Puede haber otros lugares que quizá me sean más conocidos porque los visito con más asiduidad como turista, pero una cosa es el conocimiento y otra el entendimiento. Cuando entiendes, te fundes con la realidad extranjera, que desde ese momento deja de ser extraña. He aquí el verdadero sentido de los viajes: perder tu sentido, salir de tu pequeño mundo cultural, contemplar las cosas con una mirada ajena. Viajamos porque queremos ser otros.

Los textos que recoge este volumen han sido todos publicados en el diario *El País* a lo largo de una veintena de años. Los releo ahora y me resulta curioso constatar una vez más mi persistente pasión por las fronteras remotas. Hay varios confines de este tipo en el libro: el Polo Norte, una frontera clásica y legendaria que se tragó a muchos de sus exploradores; Alaska, una tierra áspera y crepuscular; Australia, un país chocante en el que la civilización más sofisticada limita con territorios salvajes; el desierto de *hammada*, en el Norte de África, un infierno de piedras y alacranes... Siempre me han emocionado aquellos lugares en los que te parece estar en el fin del mundo. Claro que existen innumerables fines del mundo, y algunos caen muy cerca. Por ejemplo, a veces me he sentido en un rincón perdido del planeta mientras caminaba por la hermosa sierra de los Ancares, en León. Por no hablar de otros «fines del mundo» realmente apocalípticos, como las zonas de indigencia suburbana. Esos poblados de chabolas y miseria de las grandes ciudades sí que son unos confines remotos, aunque sólo estén a un trayecto de autobús de nuestras casas.

Y es que las fronteras más definitivas son las interiores. Recuerdo un viaje a los monasterios budistas de Nepal para hacer un reportaje sobre aquel niño granadino en quien, según los tibetanos, se había reencarnado un lama. Visité lugares geográfica y culturalmente lejanos: laderas escarpadas del Himalaya cuyo fenomenal perfil aún guardo en la memoria, o sobrecogedoras liturgias matutinas con monjes azafranados y retumbantes trompas de bronce. Pero lo que más impresión me produjo de todo ese largo trayecto fue encontrar en uno de los monasterios, en lo alto de esas montañas casi impracticables, a un español llamado José Mari Arocena, un tipo encantador y parapléjico. De joven había sido deportista, hasta que a los veinte años tuvo un accidente y quedó paralizado de cintura para abajo. Como es natural, primero deseó morir; pero después decidió aprovechar su invalidez para empezar una nueva vida. Se marchó a Nepal, trepó no sé cómo por aquellos riscos inhumanos, se quedó a vivir en ese medio dificilísimo, solo y autosuficiente, dando clases a los niños, siendo feliz. He tenido recientemente noticias de él y sé que sigue bien, que ahora es el secretario internacional de un lama importante y que se pasa la vida metido en un avión y recorriendo el mundo de un continente a otro. Es el paralítico más supersónico que he conocido jamás, el viajero de más largo recorrido, porque su peregrinación interior ha fulminado varias fronteras que parecían imposibles de cruzar. Los verdaderos viajes conllevan un cambio en la conciencia.

Aunque aquel reportaje de Nepal no está incluido en el libro, sí lo están otros textos en donde pueden observarse esas fronteras íntimas, esas lindes del ánimo. Como en las *Estampas bostonianas*, por ejemplo, que escribí tras pasar unos meses en Estados Unidos y que tratan fundamentalmente de la distancia a veces insalvable que percibimos con el otro. Decía Simone de Beauvoir que, si vas de viaje una semana a un país, puedes redactar un libro sobre el lugar; si permaneces un año, sólo una breve crónica; y si te quedas una década, eres incapaz de escribir nada. Como en aquella primera ocasión viví medio año en Boston, alcancé la mezcla justa de desfachatez y conocimiento como para hacer tres artículos. Y todos ellos reflexionaban sobre la diferencia, sobre lo muy distintos que son esos norteamericanos de los que creemos, equivocadamente, que lo sabemos todo.

Pero me queda aún por mencionar otra frontera, la más inexorable e inquietante, aquella que viene marcada por las líneas del tiempo. Leyendo estos trabajos, publicados, como digo, a lo largo de una veintena de años, uno puede percibir, si presta suficiente atención, el latido obsesivo de los relojes, la muerte de los días y de las épocas. El mundo cambia constantemente de manera vertiginosa, y asomarme a alguno de estos textos ha sido para mí como atisbar por la ventanilla de un tren un paisaje que la velocidad distorsiona. Y es que, de algún modo, viajar también es enfrentarse a la fugacidad. Los que amamos viajar somos como ese criado de *Las mil y una noches* que, asustado tras haber visto a la Muerte en el mercado, pide prestado un caballo a su amo y escapa (viaja) a Basora, sólo para reunirse allí con la Parca, con quien tenía una cita sin saberlo; es decir, solemos ser personas que intentamos correr más que nuestras propias sombras. Huimos del tiempo que nos persigue, en fin, sólo para dirigirnos ciegamente hacia la última frontera.

R. M.

Estampas bostonianas

Irak, una hierba menuda y quebradiza (1979)

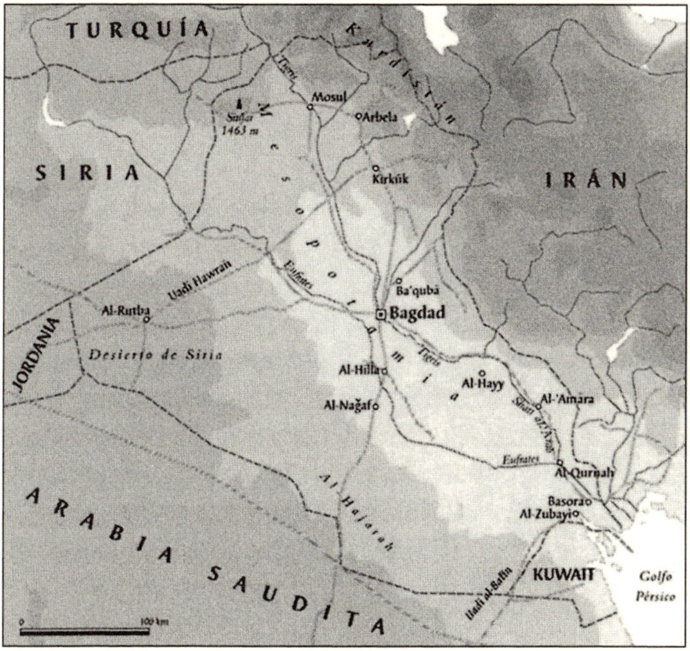
TURQUÍA
Kurdistán
Tigris
Mosul
Arbela
Sinjar
1463 m
Mesopotamia
SIRIA
Kirkūk
IRÁN
Uadi Hawrān
Eufrates
Ba'quba
Bagdad
Al-Rutba
JORDANIA
Desierto de Siria
Tigris
Al-Hilla
Al-Hayy
Al-'Amara
Al-Naǧaf
Eufrates
Al-Qurnah
Basora
Al-Zubayr
ARABIA SAUDITA
Al Hajarah
Uadi al-Bāṭin
KUWAIT
Golfo Pérsico
0
100 km

IRAK

Irak y el abismo

Asomarse a este reportaje, publicado en junio de 1979, produce un verdadero vértigo temporal. En julio de ese mismo año, es decir, apenas un mes después, Al-Bakr fue defenestrado y renunció a la presidencia de la República, al Consejo de Mando de la Revolución y a la secretaría general del Partido Baas, cargos que acaparó inmediatamente Saddam Hussein en una carrera imparable hacia la tiranía. A partir de ese mismo momento el país se hundió en un pantano de agresividad bélica: en 1980 Irak entró en guerra con Irán, y durante ocho años se estuvieron matando los unos a los otros miserablemente. En 1988, Saddam bombardeó con armas químicas a los kurdos («nuestro querido país del Norte») en la primera de una serie de horribles carnicerías, en 1990 invadió Kuwait, y ya se sabe en qué terminó (o más bien en qué aún no ha terminado) todo eso. El resultado es un Irak empobrecido, aterrorizado y aislado. Antes era un país comparativamente rico, gracias a sus enormes reservas petrolíferas. Ahora viven en el infierno, sometidos a un embargo internacional y a la constante amenaza de una guerra, con un Saddam que reprime con mano de verdugo cualquier disidencia: asesinó a sus propios yernos, por ejemplo. El texto que aquí se incluye termina diciendo que Irak «es un país en marcha»; estremece constatar, veintitrés años después, que se trataba de una marcha hacia el abismo.

Bagdad es una ciudad extensa y baja, como aplastada por los calores infernales del verano, una ciudad impersonal y occidentalizada, sin recuerdo de sí misma. Es de suponer que Bagdad dejó de ser esa capital cuajada de cúpulas y de recovecos mágicos de *Las mil y una noches* hace mucho tiempo, quizá en el siglo XIII después de Cristo, cuando el nieto de Gengis Khan, Hulagú, se apoderó de ella destruyéndola totalmente con la eficaz y aterradora ayuda de su ejército mongol. Atrás quedaba el recuerdo de las antiguas culturas que ocuparon Mesopotamia, el Irak de hoy: sumerios, caldeos, acadios, asirios...

A partir de la invasión bárbara, Irak pasó de mano en mano. Otomanos o ingleses ocuparon sus tierras hasta que en 1932 el país consiguió la independencia del poder británico. Una independencia puramente formal, por otra parte, que mantendría a Irak económicamente esclavizada de Occidente durante largo tiempo aún. Fue el 14 de julio de 1958 cuando un golpe militar abolió la monarquía proclamando la república: Faisal II y el príncipe heredero fueron ajusticiados y el general Kassen se hizo cargo del país. Duró poco Kassen, sin embargo, porque en 1963 un nuevo golpe protagonizado por oficiales nacionalistas y por el Partido Baas («socialista, islámico, panarábigo») le arrebataría la vida y el poder. Cinco años más y otra convulsión, la última de su historia: el 17 de julio de 1968 —un año movido en todo el mundo—, el Baas da el tercer golpe de Estado. El presidente Aref es expulsado del país y su puesto lo ocupa Al-Bakr, con Saddam Hussein de vicepresidente. Y así están aún hoy los iraquíes, once años después, con un Gobierno Baas fuerte asentado sobre el carisma de estos dos personajes, con un país hirviendo en cambios, con un Bagdad neutro e impersonal, desdibujado en sus perfiles: parece una ciudad de funcionarios en un régimen que podría pecar de burocrático.

Pero de esto último se puede hablar más tarde, porque lo que primero salta a la vista del visitante en este Irak de hoy es la ausencia de miseria. No se encuentra aquí esa pobreza cruelmente pintoresca de otros países árabes, las hambres endémicas tercermundistas. «En Irak», dice con orgullo Yihad, un periodista de la capital, «todo el mundo tiene trabajo: de eso se encarga el Ministerio de Plan». El sueldo medio es de unos sesenta dinares al mes (12.000 pesetas), y no es mucho: un kilo de la carne más barata, congelada, cuesta un dinar (doscientas pesetas), el alquiler de una casa —si se encuentra— no baja de cien al mes (20.000 pesetas), un coche viene a salir por los dos mil dinares (400.000 pesetas). Y, sin embargo, es suficiente. Es suficiente porque la educación es obligatoria y absolutamente gratuita desde los seis a los dieciocho años, sin discriminación de sexos —y es esta una medida que, a no dudar, revolucionará el país en una sola generación—, y porque la asistencia sanitaria está al alcance de cualquiera, trabaje o no: tan sólo es necesario rellenar un cuestionario, pagar la cantidad ridícula de veinticinco fils (cinco pesetas), una cifra simbólica también para el poder adquisitivo iraquí, y el resto corre de cuenta del Estado, operaciones, internamientos, tratamientos, medicinas, lo que sea. Es suficiente porque algunos artículos de primera necesidad son muy baratos —el arroz, importado de Tailandia; los yogures, nacionales— y, sobre todo, es suficiente por la estructura social del país: en Irak nadie vive solo, y la suma de varios sueldos familiares dan una media aceptable. Y es que la revolución Baas ha recogido la cerrada tradición de clan del mundo islámico y hace hincapié en ella: la familia es la base de todo, y se trata además de una familia extensa, abuelos, hijos, nietos, todos con sus respectivos maridos y mujeres viviendo aglomerados bajo el mismo techo, apretujándose a veces en espacios mínimos. Un panorama espantable para el occidental, acostumbrado a una sociedad atomizada, y que, sin embargo, para el iraquí es una forma de vida tradicional y común.

Así es que en el Irak de hoy trabaja todo el mundo, o casi todo, porque el paso de la sociedad islámica clásica a la actual conlleva sus problemas, sobre todo en lo referente a la mujer. Las mujeres, en Bagdad, van vestidas mayoritariamente a la europea, pero casi todas prenden sobre sus ropas la *abaia*, un manto negro, hasta los pies, de apariencia sofocante. Así van, pizpiretas, con el manto ondeando sobre los hombros, contoneándose sobre los altos tacones de unos zapatos modernísimos que asoman desafiantes bajo el borde de la *abaia*. Si sales de la capital, sin embargo, el panorama cambia mucho. Allí están los secos páramos, casi a las puertas de Bagdad, con rebaños de camellos y *jaimas* —tiendas nómadas— moteando de pardo el horizonte. Allí está Kherbala, la ciudad santa chiita, con las cúpulas doradas de sus mezquitas brillando al sol como un faro en el desierto que rodea la ciudad, un reflejo de oro visible desde muy lejos entre la calima, guía de peregrinos y caminantes. Y en Kherbala puedes encontrar aún mujeres pudorosas que bajan la mirada al paso de la extranjería, o mujeres que cubren su cara con el *chador*, un velo impenetrable que oculta su rostro por completo, ojos incluidos, y bajo el que se deslizan en silencio, aterradoras en su negrura sin resquicios. Es difícil, sin embargo, calibrar la posición de la mujer en el mundo islámico desde nuestras perspectivas occidentales. La mujer árabe, al parecer, «domina» realmente el entorno doméstico, y no se trata de la falacia europea de «en mi casa manda mi mujer»: las abuelas árabes hacen y deshacen, organizan el funcionamiento del clan, y muchas veces decisiones de importancia —bodas, mudanzas, etcétera— dependen única y exclusivamente de ellas.

Una realidad que, por otra parte, es extremadamente puritana. Incluso en Irak —país de avanzadas costumbres para su entorno— las relaciones entre sexos son cuando menos chocantes para el europeo. La amistad entre hombres y mujeres es impensable, las relaciones sexuales prematrimoniales oficialmente imposibles.

—¿Relaciones sexuales?, ¡ah!, sí hay, hay en la universidad, pero ocultándolas a los padres —comenta Falaila, una universitaria de veintiún años, discreta e inteligente, afiliada a la Federación de Mujeres Iraquíes, organismo estatal para la promoción de la mujer.

—Supongo que las madres solteras serán muy mal vistas.

—¿Madres solteras? —repite Falaila sorprendida—. No hay, imposible, no existen.

—Entonces, habrá abortos clandestinos...

—No, no —Falaila niega una y otra vez con enérgico y asombrado gesto—. No hay abortos, no hay nada de eso.

—Pero si existen relaciones sexuales extramatrimoniales, pese al uso de anticonceptivos, habrá algún embarazo necesariamente.

Y aquí Falaila ríe, se explica: «Cuando hablo de relaciones sexuales quiero decir que en la universidad se pasea con los chicos, se sale con ellos, se come con ellos, todo esto sin que los padres se enteren».

Y es que éstas son todas las relaciones sexuales que Falaila es capaz de imaginar. Porque en Irak no pueden salir solos y juntos dos jóvenes de distinto sexo. Cuando un muchacho iraquí quiere casarse, escoge a una mujer, la ama en silencio y desde lejos, y cuando decide dar el paso pide su mano a los padres de la chica. Si a éstos les convence el pretendiente, y si ella no tiene inconveniente —esta última premisa es un avance: antes, las hijas sólo obedecían el dictado de sus padres— se convierten en novios. Durante el noviazgo se verán con terceras personas de testigos —las clásicas carabinas—, y así, en una languidecida y artificial relación, permanecerán un mínimo de tres meses y un máximo de seis, pues han de casarse antes de transcurrido medio año. Y es entonces, a partir de la boda, cuando comienza la aventura de conocerse.

Frente a esto, sin embargo, se encuentran muchas medidas progresistas. El divorcio existe, por supuesto, como en todo el mundo islámico. Pero, además, la revolución Baas ha prohibido la poligamia —con la excepción momentánea del hombre casado con mujer estéril— y ha llenado las fábricas y los barrios de guarderías gratuitas, una reivindicación por la que luchan infructuosamente las feministas españolas desde hace tiempo.

Resulta en verdad complejo y contradictorio el Irak de hoy, socialista e islámico al mismo tiempo, en una de esas mezclas tan difíciles de entender desde Occidente. Un país que ha llevado a cabo la total nacionalización del petróleo, liberando a su pueblo de la esclavitud económica y devolviéndole el orgullo de sí mismo, y que, sin embargo, bordea el riesgo de la occidentalización, de la pérdida de identidad: cuando los iraquíes quieren enseñar al visitante una mezquita no le conducen ante las cúpulas de la soberbia mezquita de oro de Bagdad, sino que te muestran con inocente orgullo una mole de hormigón sin historia ni sentido, una mezquita híbrida y modernísima, construida hace dos años.

Todo ello tiene sus costes, claro está. El Partido Baas funciona de hecho como partido único. Tras la revolución del 68 se creó un Frente Nacional en el que supuestamente se podían integrar todos los partidos, incluidos los comunistas iraquíes. Pero para llevar a cabo esta integración, el PCI se vio obligado a suscribir unos acuerdos: no hacer ningún tipo de proselitismo. Y precisamente bajo la acusación de hacer propaganda en el ejército, veintiún comunistas fueron ajusticiados en Irak hace un año. El mes de marzo pasado el PCI dejó de formar parte del Frente Nacional. Un miembro del comité ejecutivo del Partido Comunista, Saad Ahmed, denunció en París, por esas fechas, la desaparición de militantes y dio la cifra de quince mil comunistas encarcelados en Irak. A esto se le puede sumar el problema kurdo. En 1974 el Gobierno iraquí concedió la autonomía a los kurdos («nuestro querido país del norte», como lo denominan en medios oficiales) tras largos años de guerras y de sangre. Se creó la academia kurda, se reconocieron los derechos lingüísticos, nacionales y culturales del pueblo norteño, se les concedió autogobierno, con un consejo legislativo formado por ochenta personas y un consejo ejecutivo compuesto por diez miembros. Pero lo cierto es que el consejo kurdo es elegido en última instancia por Al-Bakr, presidente de la República, y en el pasado mes de febrero la asamblea de demócratas iraquíes en el extranjero —creada hace un par de años— envió a Waldheim, el secretario general de la ONU, un memorándum denunciando la represión contra kurdos y otras minorías, detallándose en él que, bajo el pretexto de vigilar las fronteras con Irán, el Gobierno Baas había concentrado treinta mil soldados en el Norte, cuya función era la de liquidar y arrasar poblaciones kurdas o llevar a cabo deportaciones masivas hacia el Sur.

Es difícil, sin embargo, desentrañar lo verdadero o lo falso de todas estas noticias. Hay que tener en cuenta que Irak ha arrebatado, con la nacionalización, el petróleo a los norteamericanos, y esto es algo que Estados Unidos y sus agencias internacionales de información no suelen perdonar: parece evidente que las denuncias tienen una base tristemente cierta, pero también es cierto que serán convenientemente aireadas por lo que tienen de fallos de un sistema que intenta salvaguardar la independencia económica nacional.

Mientras tanto, Irak ofrece al visitante en un primer contacto —y sobre todo si ese visitante es periodista— una cerrada atmósfera policial. Se te vigila entre sonrisas y amabilidades, se te aconseja visitar ciertos sitios y se te impide, cortésmente, visitar otros; los funcionarios se rodean perennemente en nerviosa nube, y algunos de ellos, especialmente celosos, evitan que hagas una foto que no esté dentro de las previsiones: una foto inocente a niños jugando por las calles, por ejemplo. Es necesario escaparse de la torpe y educada vigilancia de los funcionarios —y hay que reconocer que la huida es fácil—, alquilar un coche y salir de ese Bagdad moderno y descolorido para reencontrar el Irak auténtico, para maravillarte con sus hermosas ciudades antiguas, para regocijarte con el hospitalario y cálido pueblo iraquí, para empezar a amar a Irak y comprender que, con todo, es un país en marcha. De modo que el pseudosecuestro a que te someten los burócratas, embriagados de eficacia, resulta contraproducente, y en sus ansias de enseñarte un país oficial imprimen a Irak una atmósfera policial y triste que luego, escapada y por libre, desaparece por completo en una cotidianidad amable y animosa. «Lo que pasa aquí», comentaba un intelectual iraquí en tono risueño, «es que hay una burocracia tremenda: nadie se atreve a tomar decisiones por sí mismo, todo ha de pasar por Saddam Hussein y Al-Bakr, y esto crea a veces situaciones ridículas».

Saddam Hussein, el vicepresidente, es en verdad un personaje sorprendente, y muchos ven en él al cerebro gris de la revolución. Lo cierto es que por todas partes del país se pueden contemplar las fotos gemelas y mitificadoras de Hussein y Al-Bakr, siempre a pares, siempre juntos: otean desde la pared de los restaurantes, cuelgan sobre la puerta de las casas, están en las tiendas, en las oficinas, en los hoteles, en el aeropuerto, en las avenidas, en las esquinas de las calles.

Y es que Irak se encuentra a medio camino del mundo islámico y de algo nuevo. Ahí, en la línea fronteriza, hierve Irán, con su república chiita. Irak, que también cuenta con mayoría chiita, permanece atento a los acontecimientos vecinales. Los chiitas iraquíes, hoy por hoy, no tienen influencia en la vida oficial del país, pero quizá se tema que quieran adquirirla, con la espoleta ardiente de Jomeini en puertas. Irak cuenta con la ventaja de haber hecho hace ya años una revolución nacionalista que ha devuelto o intenta devolver a los iraquíes no sólo sus pertenencias económicas, sino también su orgullo como pueblo. El Gobierno Baas se define como antiimperialista, antisionista, anticapitalista, intenta encabezar el movimiento panarábigo, juega fuerte entre los países no alineados, procura alcanzar el liderazgo de la Liga Árabe en su lucha contra Estados Unidos, Israel y «el traidor Sadat». Al asumir todas estas reivindicaciones, el Partido Baas deja al movimiento chiita sin más campo de acción que el propiamente religioso, que no parece ser suficientemente fuerte como para movilizar al país. Pero, aun así, existe el miedo; o mejor, una cautela soterrada ante la bomba iraní.

Atardece. Es Bagdad una ciudad limpia pero desencuadernada, agobiada de soles, cubierta por las polvaredas propias de todo centro urbano cercado por desiertos. Con animoso y enternecedor esfuerzo los iraquíes han plantado árboles y zonas verdes por toda la ciudad, intentando aligerar su torridez. Y cada metro cuadrado de verdor —árboles raquíticos, hierbas agostadas por el mediodía— cuesta un esfuerzo infinito, la visita cotidiana de camiones cisterna, la atención continua de esa legión de jardineros que caen sobre la ciudad al atardecer y que rastrojan, murmuran, desbrozan, arrancan, plantan y acarician las hojitas enfermizas que crecen con trabajo. A su lado, cara al sol poniente, un buen creyente se arrodilla sobre un papel o un pañuelo —no hay que tocar la tierra— y lleva a cabo sus oraciones vespertinas. Más allá, arracimados, con el Corán o algún libro de estudio entre las manos, los muchachos iraquíes —siempre solos, nunca con mujeres— comentan, sonríen, juegan y descansan aprovechando el frescor de la atardecida y de esos jardines tan trabajosos, que son su orgullo y su deleite. Y es que el Irak de hoy quizá sea eso: una hierba menuda y quebradiza, sitiada por la sed y los calores, que va creciendo poco a poco entre sobresaltos y entusiasmo.

Estampas bostonianas
(1985)

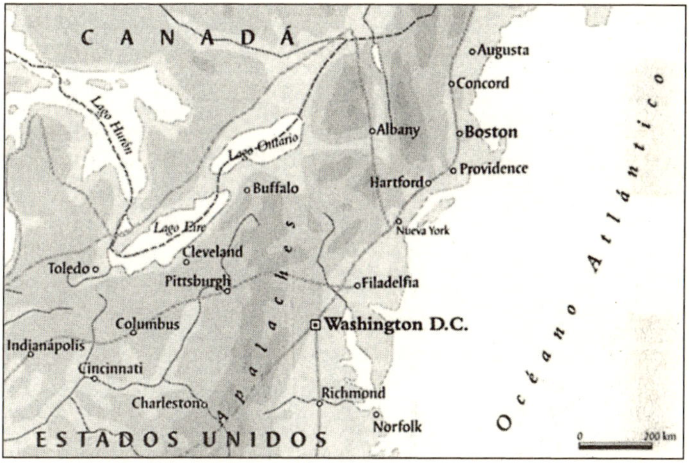
C A N A D Á
Augusta
Concord
Lago Hurón
Lago Ontario
Albany
Boston
Providence
Buffalo
Hartford
Lago Erie
Nueva York
Cleveland
Toledo
Pittsburgh
Apalaches
Filadelfia
Columbus
Washington D.C.
Indianápolis
Cincinnati
Charleston
Richmond
Norfolk
Océano Atlántico
ESTADOS UNIDOS
0
200 km

BOSTON

Escandalosas estampas

Al releer estos textos, escritos en 1985, me han sorprendido varias cosas. En primer lugar, lo mucho que ha cambiado la vida en España en los últimos años. Por ejemplo, hoy ya no nos consideramos un país pobre (y con toda razón, porque no lo somos); y los supermercados y las tiendas de autoservicio se han multiplicado en proporción geométrica por toda la península. Me ha resultado especialmente chirriante mi propia opinión sobre Cuba, o, más bien, mi clamorosa falta de opinión cuando me quejo de que los norteamericanos sólo hablan de Cuba para decir que es «un país malísimo y un cáncer marxista». Me sigue pareciendo bien mantener una actitud crítica frente al eslogan ideológico, pero hoy no hubiera escrito esa frase sin añadir que, por otra parte, la Cuba de Castro es en verdad una dictadura abominable. Vamos, que por entonces yo no debía de tener esto tan claro, dicho sea para mi vergüenza, porque los datos de la represión castrista ya eran evidentes.

Después de escribir estos artículos viví otro año más en Estados Unidos y creo que conocí mejor a los norteamericanos. Hoy les considero más complejos, más contradictorios y más diversos. Con el tiempo he llegado a apreciar mucho más el sentido de la meritocracia de la sociedad estadounidense, por contraposición al chanchulleo, el amiguismo y el nepotismo de nuestra tradición hispana; y también ha aumentado mi aborrecimiento por su afán vengativo, que está en la base de la ignominiosa pervivencia de la pena de muerte. Es un país fascinante, en cualquier caso, y si ellos nos parecen marcianos, sin duda también nosotros somos unos alienígenas para ellos. Cuando se publicaron estos artículos se montó un escándalo más que mediano. El País *recibió un montón de cartas al respecto, algunas a favor y otras en contra. Muchas provenían de norteamericanos o profesores españoles en Estados Unidos que se sentían heridos por mi trabajo. Lo releo ahora y no acabo de entender aquel guirigay: es un artículo bastante más amable que otro semejante que dediqué a la sociedad española en 1993. Siempre he considerado que el sentido crítico (y sobre todo el autocrítico) es algo muy sano.*

I

Lo único que he llegado a saber a ciencia cierta sobre los norteamericanos es que son raros, muy raros. Estados Unidos es un país diverso y enorme, un continente en sí mismo, un mundo encerrado en su colosalismo. Ni los cinco meses que he vivido últimamente allí ni la docena de viajes que antes realicé por esas tierras proporcionan el conocimiento suficiente como para desentrañar el tuétano del monstruo. Sólo hay una certidumbre, una evidencia: su rareza. Nuestra potencia es una potencia de alienígenas. Resulta particularmente inquietante porque en apariencia son como nosotros. O sería mejor decir que nosotros somos como ellos. Vestimos los consabidos e idénticos pantalones vaqueros, compramos las mismas marcas de electrodomésticos, tarareamos sus canciones de moda y bebemos Coca-cola como ellos. Los indios de Nueva Delhi, los chinos de Pekín, los aborígenes de Papúa, son, sin duda, distintos a nosotros, eso es obvio, eso está asumido y aceptado. Pero los norteamericanos... Nos creemos que son como nosotros y que conocemos su cultura de memoria. Craso error. Yo diría que la misma sociedad inglesa se semeja más a la española que a la que han organizado, en un tiempo récord de la historia, sus hijos de ultramar. Desde allí me he dado cuenta de que Europa existe. Norteamérica es la diferencia, es otra cosa.

Vivo en Wellesley, un pueblecito a treinta kilómetros de Boston. Un suburbio riquísimo de una de las zonas más ricas del país más rico del mundo. El resultado de la suma de todos estos superlativos es exquisito: es un lujo sólido y antiguo. Estados Unidos nació aquí, en New England, y aquí se asienta una especie de aristocracia, familias que pueden remontarse en su apellido por dos siglos. Cuando llego, a mediados de enero, descubro con deleite que estoy instalada en un paisaje de mi infancia: es el paisaje de las tarjetas de Navidad. Bellísimas casas de madera del siglo XIX, con porches y columnas; jardines nevados, abetos escarchados, coronas de muérdago en las ventanas y, en los aleros, un festón de carámbanos que parecen de azúcar. Cuando les explico a los norteamericanos que nuestras felicitaciones, antaño llamadas *christmas* para más *inri*, reproducen paisajes nevados, aunque en España apenas nieve, y casas de balaustradas y maderas, aunque sea un estilo arquitectónico allí inexistente, y coronas de muérdago, aunque este adorno jamás ha formado parte de nuestras tradiciones navideñas, los pobres se quedan admirados. La verdad es que si me detengo a pensarlo yo también me admiro.

Poco a poco voy constatando lo mucho que yo sé sobre los norteamericanos y lo poquísimo que ellos saben sobre mí, como ente español y forastero. No es sólo el hecho de que esté más o menos informada de su geografía, su historia política, su presente. Es, sobre todo, que me sé las canciones de Glenn Miller, por ejemplo;

que conozco su pasado folclórico; que soy capaz de citar más tribus de indios norteamericanos que ellos mismos; que soy yo quien, a veces, dice el título de esa película estadounidense de los años cincuenta que los demás asistentes a la reunión, todos del país, no consiguen recordar. En suma, me sé todos sus símbolos, sus mitos y sus ritos. ¡Por Dios, si hasta soy capaz de tararear el himno del Séptimo de Caballería! Y ellos, en cambio, nada. Es el vacío, la ausencia total de conocimientos exteriores. No es que yo pretenda que se sepan el himno de la Legión española, pongo por caso. Sé bien que ellos son la primera potencia del mundo y nosotros nada, una birrita. Pero es que saben tan poco que es pasmante:

—Soy española —digo, por ejemplo.

—¡Ah!, ¿mexicana?

—No, española.

—¿De Puerto Rico?

—No, española, de Madrid, de España, de Europa.

—¡Ah, española de España!, ¡ah... qué interesante!

Y no vuelven a decir palabra, se ve que su interés es muy discreto. O quizá es que no estén muy seguros de por dónde cae la cosa. De España les suena vagamente que hay corridas de toros, claro está. También les suena Franco. Algunos se desalentaron muchísimo cuando les informé de que Franco se había muerto hacía diez años: es natural, perdían así, de un solo golpe, la mitad de sus conocimientos sobre España. Estar al día es de lo más complicado.

Ya sé, ya sé que todo esto forma parte de la caricatura más vulgar, del tópico más tradicional sobre Estados Unidos. Naturalmente, no todos son así, pero lo estremecedor es que muchos responden al esquema. Una estudiante hispanista de la Universidad de Wellesley, una alumna brillantísima llamada Nancy Schena, realizó una encuesta entre colegiales de primera y segunda enseñanza, de diez a dieciocho años. El objetivo de su estudio era investigar los conocimientos de los jóvenes sobre Latinoamérica, y el resultado fue lo que se dice espeluznante. Los encuestados, incluyendo a los de mayor edad, apenas si eran capaces de nombrar algún país de Sudamérica. Algunos citaron Vietnam o Camboya como naciones centroamericanas. En fin, un verdadero disparate. El mundo exterior no existe. No existe en los periódicos, en las televisiones, en la memoria, en los ensueños de las gentes. Estados Unidos es un todo que se devora a sí mismo. El resto son tinieblas.

Amabilísimos, son amabilísimos, de eso no hay duda. Nada más llegar me invitan para diversas comidas y cenas. Todo a milenios vista. Es bien sabido que en Estados Unidos las citas de placer se conciertan con un mes de anterioridad, semana más o menos. Las citas de negocios creo que son mucho más rápidas. En cualquier caso, tan demorada vida social te obliga a apuntar en algún lado los compromisos amistosos, porque de otro modo es imposible acordarse. Me asombro de lo complicado de este ritual de encuentros y lo comento.

—Cómo, ¿quieres decir que en España la gente no usa agendas para apuntar las citas con sus amigos? —me contesta una estadounidense, en el colmo de la perplejidad y el pasmo.

Aquí la gente decente tiene un juego de agendas. La profesional y la social son obligadas. Tal parecería que su vida de placer se rige por las mismas reglas y obsesiones que la vida laboral. Como si la vida social fuera también trabajo, un trabajo que hay que desempeñar para no salirse de la norma. Lo normal aquí es tener un empleo, adquirir una casa en propiedad, poseer uno o dos coches, uno o dos hijos, uno o dos cónyuges (alguno de ellos con categoría de ex), trabajar desaforadamente y salir de cuando en cuando a cenar con amigos, porque de otro modo sería raro. Y en esta rara sociedad norteamericana ser *raro* debe de ser asunto incomodísimo. Entonces vas a la comida o a la cena, y te preparan manjares suculentos, y te miman, y te tratan a cuerpo de reina, y hablas del tiempo. Porque lo correcto es permanecer dos horas en la casa ajena, justamente dos horas, ni más ni menos. Y, claro, no se va a sacar un tema interesante, un tema que pueda enzarzarse en un debate y que prolongue la estancia, ¡qué grosero!

Aunque tampoco es muy probable que haya un debate, y menos un enzarzarse en cosa alguna. Se diría que los norteamericanos no discuten. La verdad es que de primeras esta falta de empecinamiento es todo un gozo. Atrás quedan las pasiones sulfúricas, los berridos, la intransigencia y el mentarse a la madre de los países latinos. Pero después una empieza a asfixiarse entre tanto Versalles, tanto minué verbal, tanto dar vueltas incesantes sin llegar al núcleo de las cosas, sin encontrar un centro entre la nada. Tengo la impresión de que los norteamericanos no te llevan nunca la contraria. Si dices algo con lo que no están de acuerdo, es muy probable que cierren el asunto con un cortés «¡qué interesante!» y un pequeño silencio embarazoso.

Llevando la generalización, que siempre es engañosa, hasta su extremo, diría que son gente que evita dar cualquier tipo de opinión, mostrar públicamente sus ideas. El idioma inglés posee, como el nuestro, toda una familia de palabras para adjetivar a aquellos que se exceden en rigidez de ideas: intransigentes, dogmáticos, totalitarios, esquemáticos... Pero hay una expresión más, una palabra/insulto que nosotros no tenemos: *opinionated*, que se podría traducir por *opinionado*, es decir, con opiniones. Es un término menos descalificador que intransigente, por ejemplo, pero es claramente negativo, y se aplica a aquellos que parecen tener ideas hechas sobre las cosas: por lo visto, construir un universo propio de opiniones no es correcto. O al menos no es correcto el expresarlo. Quizá crean que es posible pasar por la vida en un estado de levitación mental, sin definirse, olvidando que el mundo te define aunque no quieras. O quizá sea todo un resultado natural de su pasado. A fin de cuentas, los norteamericanos han improvisado un país sobre la marcha. De un conjunto heterogéneo de italianos, irlandeses, rusos, chinos, africanos, judíos, indios, polacos, ingleses y otros etcéteras, cada grupo con su cultura y sus creencias, han tenido que construir una homogeneidad, una convivencia.

Quizá ese callar las opiniones, ese crear un magma común y amorfo fuera una táctica necesaria para admitirse mutuamente y no matarse. Hace sólo 150 años, la mitad de Estados Unidos era todavía una tierra sin ley, un Oeste salvaje y fronterizo. En tan asombroso y breve lapso de tiempo se han convertido en la primera potencia del mundo occidental. Si el éxito se mide sólo en una escala de poder, el triunfo norteamericano es colosal. Lo que pasa es que yo creo que hay otras medidas y que a veces los costes son sangrientos.

Ceno en casa de JF, una abogada estadounidense de unos treinta y cinco años. La cita fue hecha hace más de un mes, como es habitual. Desgraciadamente, en el transcurso de estas semanas JF se ha separado de su marido, con quien llevaba viviendo muchos años. Pero como ella se ha quedado con la casa, la cita se mantiene.

El ambiente es, por supuesto, muy agradable: los norteamericanos son unos anfitriones detallistas. JF ha preparado todo meticulosamente, los aperitivos en una repisa baja, el hielo, las bebidas. Somos ocho y, cuando pasamos a la mesa, los ánimos están lo suficientemente caldeados con la lumbre del frío Chablis californiano. JF nos obsequia con una suculenta cena china. Para que esté en su punto, ha de irla cocinando a medida que comemos. JF va y viene de la cocina, sirviendo y bebiendo, guisando y bebiendo, retirando platos y bebiendo, sombra silenciosa y eficaz, cada vez más sonriente y amarilla. Los demás comemos y bebemos como energúmenos: la reunión es todo un éxito.

—¿No quieres que te ayude? —le pregunto a JF, hipócritamente y sin gana alguna, sólo porque siempre me ha producido una desazón culpable el ver a una mujer sirviendo calladamente el placer de los otros.

—¡Oh!, no, no; estoy encantada, encantada —responde ella, la sonrisa como una llaga entre sus labios y un tono algo verdoso en el semblante.

A los postres, JF desaparece discretamente. Tardamos un tiempo en darnos cuenta de su ausencia. Al cabo nos enteramos de que está encerrada en un retrete de su bonita casa, vomitando. Consternación general.

—Es que ha bebido mucho sin comer nada —dice uno.

—Es por su marido, es que acaba de separarse del marido —explica la invitada de más confianza en la familia, la enterada.

—¡Ah, ah...!

Huimos de la casa sin esperar a despedirnos. Huimos como ladrones, de puntillas.

Un corto viaje de turismo por Arizona. Atravesamos la reserva navajo, que es enorme. En el camino paramos en un *trading post*, un puesto comercial muy antiguo. Fue establecido hace ciento cincuenta años, cuando estas tierras eran el legendario Oeste, y desde entonces ha estado abierto ininterrumpidamente. Es una amplia cabaña de troncos, con mostradores de madera. A un lado hay una especie de almacén de pioneros, en donde venden telas, herramientas o sartenes. Al otro, una pequeña tienda de comestibles en donde adquirimos algo de fiambre y unos refrescos. Más tarde, ya en el coche, vamos comentando las peculiaridades de la cultura navajo.

—¿Os habéis dado cuenta de que en el *trading post* no te servías tú mismo, sino que había una dependienta a quien tenías que pedir las cosas? —dice, admiradísimo, uno de mis compañeros de viaje, un norteamericano de treinta y cuatro años, encantador y culto.

Yo he entendido las palabras, pero creo haberme confundido en el sentido. He debido de hacer una mala traducción, no he comprendido.

—¿Cómo dices? —le pregunto.

—Sí, que si habéis notado qué cosa tan curiosa, que en el *trading post* no hay autoservicio, sino que hay un mostrador y tienes que pedirle a la dependienta lo que quieres —repite él, maravillado ante prueba tan palpable de la diferencia cultural de los navajos, de la pervivencia de sus costumbres exóticas, de sus ritos ancestrales.

Y yo tengo que explicarle que así son la mayoría de las tiendas en España. Que los supermercados son, para nosotros, un invento relativamente nuevo y extranjero. «¡Ah, qué interesante!», dice él, tímido y confuso, «aquí es muy distinto, yo creo que es la primera vez en mi vida que he entrado en una tienda de comestibles que no fuera autoservicio...». Y me mira con respetuoso pasmo, como quien contempla a Toro Sentado, con su penacho de plumas bailando la danza de la lluvia. Y yo le miro y no le reconozco, tan parecido a mí en lo exterior y sin embargo tan lejano. Nunca he sentido una percepción más clara y más aguda de que los norteamericanos son marcianos.

Uno de los tópicos más extendidos sobre Estados Unidos es el que se refiere a su competitividad salvaje e implacable. Y, sí, tal parecería que los indicios confirman el estereotipo. Me cuentan que en el primer curso del MIT (Instituto Tecnológico de Massachusetts) no se dan notas, sino sólo aprobados o suspensos, para evitar que los estudiantes se suiciden. El MIT es una universidad muy grande e influyente, porque enseña a las futuras generaciones los secretos del todopoderoso *chip*. Es el triunfo de la especialización, tendencia imperante en Estados Unidos: los mejores estudiantes del MIT pueden conquistar un Premio Nobel de electrónica, pero quizá sean rotundamente analfabetos en todo aquello que se salga del limitado campo que dominan. Es ahí, en el terreno de la sacralizada técnica, donde se da la competencia más feroz. En la sociedad estadounidense el currículo lo es todo. Es fundamental la categoría de la universidad a la que has asistido, y a la que accedes por la doble criba de tus notas y tu poder adquisitivo. Es básico obtener unas calificaciones magníficas, por eso la batalla se plantea en lo más alto, allí es el crujir de dientes y el suplicio. Entre un notable y un sobresaliente hay un abismo de derrota en el que caben holgadamente los suicidas. Por eso el MIT no reparte notas entre los tiernos combatientes del primer curso, para que no caigan como chinches. No importa, sin embargo, distribuir suspensos: al raro ejemplar que se atreve a suspender no deben de presuponerle ni la mínima dignidad necesaria para paliar su fracaso con una dosis de barbitúricos o un buen tiro.

Doy clases en el Departamento de Español de la Universidad de Wellesley. Es una universidad pequeña, de elite, una universidad muy hermosa. No es sólo su inmenso y bellísimo campus, ni su riqueza, ni sus bibliotecas fabulosas. Es, sobre todo, su doble condición de universidad de mujeres, cosa que le confiere un discreto pero definido espíritu crítico feminista, y de universidad que imparte sólo Humanidades, lo que hace que impere un ambiente más abierto, una curiosidad intelectual más amplia, la vieja aspiración a conocer la realidad en su conjunto y no ese frenesí por la especialización parcial y utilitaria de la universidad tecnificada. Pues bien, incluso en Wellesley, que es un mundo académico que a mí me parece más sensato, existe esa guerra abierta por las notas. Un caso real como botón de muestra: una brillante alumna se entera de que en una asignatura va a sacar sólo una A- y no una A (el equivalente a sobresaliente y matrícula de honor, respectivamente), y entonces, presa del desaliento más profundo, decide no presentarse a ninguna de las demás asignaturas y perder el curso entero antes de pasar por tal suplicio.

De todos es sabido que en Estados Unidos hay dos preguntas obligadas cuando eres presentado a alguien. La primera consiste en indagar a qué te dedicas, en qué trabajas. La segunda, si es un nivel profesional, en enterarse en qué universidad has estudiado. A mí, naturalmente, nadie me pregunta esto último, porque el *ranking* de las universidades españolas les es desconocido y les trae al pairo. En cambio hay un sorprendente número de personas que ocupan ese segundo peldaño conversacional con una cuestión para mí insólita:

—¿Y no echas de menos tu coche?

Eso es lo que me dicen, tal cual suena. No preguntan si echo de menos mi país, o mis amigos, o mi familia, o mi lengua. Tampoco preguntan si poseo coche en España: dan por asumido que lo tengo. La primera vez no supe qué contestar: en mi desconcierto, atribuí la cuestión a un interlocutor excéntrico. Pero cuando el hecho se repitió unas cuantas veces empecé a pensar que quizá el coche sea para ellos la medida de su cotidianidad o de la ausencia de ella. Desde luego aquí el automóvil es mucho más necesario que en España. El pequeño pueblo de Wellesley, en el que vivo, carece de servicios de transporte públicos. No hay otro modo de moverse que en vehículo propio. Sí, aparentemente no necesitan autobuses, porque todo el mundo tiene coche. Pero además es una espléndida manera de aislar la zona, de impedir visitas indeseables. Wellesley es un pueblo exquisito, un suntuoso suburbio de Boston. El municipio ha votado la ley seca: no hay ni un bar en su perímetro y no se puede adquirir alcohol en los comercios. Tampoco hay McDonald's, por ejemplo, ni anuncios callejeros, ni neones molestos: sólo hermosas casas centenarias y lujosas tiendas de rótulos grabados en madera. Oh, sí, Wellesley es un aristocrático, puritano y bello pueblecito, lejos de todo tipo de contaminación, un gueto de la dicha, a una razonable distancia en coche propio de la invasión del populacho. En las calles de Wellesley apenas si ves negros. Sólo, de cuando en cuando, las alumnas de color de la universidad, que no son muchas. Así son los ricos suburbios bostonianos.

II

En la Universidad de Wellesley hay alumnas negras, asiáticas e hispanas. Wellesley intenta fomentar la presencia de minorías raciales en sus aulas con un amplio sistema de becas. Pero, de todas formas, son pocas. No hay muchas familias en Estados Unidos que puedan costear para su hija los doce mil dólares (algo más de dos millones de pesetas) que vale cada curso en Wellesley y, desde luego, las familias pertenecientes a minorías raciales que estén en ese nivel económico son comparativamente muchas menos.

Pero, además, las estudiantes de color tienen un porcentaje de abandonos de la carrera claramente mayor que el de las blancas. Una alumna mía, negra, escribe un lúcido trabajo sobre el tema: «Es la presión psicológica», explica ella. Es el estar constantemente en guardia ante las discriminaciones, conscientes o inconscientes. El no sentirse integradas en el resto del colectivo estudiantil. Y, sobre todo, esa sensación de exigencia interior, de tener que dar constantemente el máximo, «como si por tu comportamiento y rendimiento se estuviera juzgando a toda la gente de color, como si no te representaras a ti misma, sino a toda tu raza; es tener la sensación de que, si fallas, si te equivocas, no considerarán que has fallado tú, sino que has fallado por ser negra».

Por cierto: con esa maravillosa vitalidad lingüística que tienen los norteamericanos para inventar nuevos conceptos, en Estados Unidos se ha acuñado una palabra para definir a aquellos negros clasistas y elitistas que reniegan de su raza, los negros que tienen el alma blanca: se les llama *oreos*. Oreo es la marca de un dulce, de una galleta de chocolate rellena de deliciosa nata.

Ángela Heptner es una española nacida en Tánger hace más de cincuenta años. Lleva media vida en Estados Unidos y actualmente da clases en la Universidad de Wellesley. Ángela es pura actividad, no sabe estarse quieta. Quizá por eso, y a ratos libres entre sus trabajos, está llevando a cabo una especie de estudio comparado de conceptos castellanos e ingleses, algo así como una antropología de la lengua.

—Por ejemplo —explica—, los norteamericanos utilizan la palabra *retired* para referirse a los jubilados. Es decir, *retirado*. Apartado de la actividad, del centro de las cosas. Y nosotros, en cambio, utilizamos la palabra *jubilado*, que viene de júbilo, de alegría. Es una concepción de la vida completamente diferente.

Debe de tener razón. En una sociedad como la norteamericana, en la que la productividad y el trabajo son el meollo de todo, el abandono de la actividad laboral es el vacío. Ha reunido Ángela así una sutil e interesante colección de conceptos enfrentados, de voces divergentes, que evocan un entramado cultural muy diferente. Eso sí, los ejemplos que ella ofrece arrojan un saldo favorable a lo español. En un intento de escapar del regodeo etnocéntrico, procuro encontrar una comparación que sea favorable a la cultura de Estados Unidos. Y, pensando, pensando, creo haber dado al fin con una: es la diferencia existente en el modo cotidiano de referirse al orgasmo. En España se utiliza el reflexivo *irse*: se dice *me voy*. En Estados Unidos es justamente lo contrario, se emplea *to come*, 'venir': se dice *I am coming*, 'estoy viniendo'. En el *irse* está implícita la lejanía, la separación, el aislamiento: un abismo de soledad en la culminación del sexo. En el *venir* hay mucha más ternura, un deseo de entrañarse con el otro, la apoteosis del reencuentro. Total, que voy y explico todo esto.

—¿Y eso cómo lo has aprendido? —dice el único varón español de la reunión, con cara de sentirse muy ingenioso.

Los otros dos hombres presentes, norteamericanos los dos, se miran, ruborosos y espantados. No sé si su quiebro en el color se debe al puritanismo formal que por aquí impera o si es un exponente de su vergüenza ajena, de un sentirse incómodos ante manifestación tan *borde* de un representante de su sexo. Sea como fuere, diría yo que, comparado con España, el nivel de machismo de la sociedad norteamericana es menos crispante y menos obvio. Estoy generalizando, por supuesto, como en el resto de las afirmaciones de este artículo: ahí está el tópico prototipo del tejano viril y berroqueño, ahí están los John Wayne que las enamoran a tortazos o ahí está esa engañosa imagen de *mujer liberada* que vende mayoritariamente la revista *Cosmopolitan*, y que consiste en recomendar a las muchachas que trabajen de secretarias, que acudan a la oficina siempre muy arregladitas y muy monas y que hagan lo posible por casarse con su jefe, objetivo que constituye el brillante colofón de su carrera. O sea, que machismo hay, eso no hay duda. Pero se me antoja que en Estados Unidos no es tan necesario estar repitiendo todo el día los hechos más evidentes y que el papel de la mujer en la colectividad es bastante menos denigrante. Quizá los norteamericanos, en su vivirse como hombres o mujeres, no estén tan ancestralmente tarados como nosotros, que somos, ¡ay!, varones y hembras celtibéricos, confusos, conflictivos y atrapados.

El dinero. El dinero es el verdadero dios de esta cultura; de eso no hay duda. Oh, sí, es una divinidad común en el mundo occidental, todos los países industriales vivimos instalados en esa absurda esquizofrenia entre la avaricia y los derroches, entre la avidez y el desperdicio. Pero en Estados Unidos eso se nota más. Claro que, tal como se lo han montado, necesitan dinero para todo. Dinero para pagar los astronómicos seguros médicos, es decir, para comprar salud. Dinero para costearse una pensión individual de vejez: para comprar futuro. Dinero para poder ofrecer a los hijos esa costosísima educación privada, esa escuela y universidad de elite que es la puerta para el ascenso en la escala social: para comprar el éxito. Dinero para poder adquirir una casa propia, y un coche adecuado, y todos los archiperres necesarios de una opulenta sociedad de consumo, todos los signos exteriores de la normalidad y la decencia: para comprar respeto. Todo se compra y todo se vende, todo tiene un precio dentro de esta obsesión por el dinero del universo norteamericano: debe de ser lo que se entiende por una sociedad de libre mercado.

La ciudad de Boston cuenta con varios túneles en el trazado de sus calles, algunos de ellos de considerable longitud. Son pasos subterráneos que están enclavados en puntos céntricos y que absorben mucho tráfico. De hecho, la mayoría de las veces están atascados; en su interior se organizan unos tapones colosales, y en ocasiones tardas más de media hora en atravesar, centímetro a centímetro, un solo túnel. Hasta aquí, nada extraordinario. La originalidad consiste en que todos estos pasos subterráneos tienen radio. Es decir, que hay una emisora bajo tierra cuya señal puede ser captada por el estancado mar de coches. Al entrar en el túnel, claro está, pierdes contacto con las emisoras normales. Entonces se cuela en tu aparato la radio del túnel, que consiste en una música de fondo y una incesante catarata de anuncios comerciales. Es la culminación de la sociedad de consumo, la apoteosis de un vivir disparatado. Es necesario que los crispantes atascos formen parte de la realidad de cada día, que estén asumidos e integrados, para que la creación de una radio semejante sea rentable. Los automovilistas saben que enterrarán una hora diaria de su vida bajo el túnel, y allí, inermes y atrapados, escucharán la radio: no hay nada mejor que hacer, al fin y al cabo. Una radio que es sólo publicidad y que incita a sus prisioneros momentáneos a gastar más, a salir más, a comprar más coches, por ejemplo, cerrando el círculo del absurdo, agrandando el atasco social al infinito, alimentando al monstruo. Ahora cada túnel de Boston tiene su propia emisora, hay competencia. Pero a mí me gustaría saber quién fue el primero que concibió la idea, quién fue ese avispado hijo de un mundo enfermo, ese loco maquiavélico, ese genio.

Los exámenes finales de la Universidad de Wellesley se rigen bajo un código de honor. Los profesores preparan los cuestionarios para cada curso con antelación y las alumnas cuentan con una semana, en el transcurso de la cual pueden hacer el examen cuando gusten. Tan sólo tienen que ir a la oficina de registro, decir el día y la hora de esa semana en que quieren hacer la prueba, acudir a un aula especial, recoger el sobre con las preguntas y contestar el examen. Un empleado vigila para que no copien y no se excedan de las dos horas de tiempo que se les permite. Lo del código de honor se refiere a un pacto de silencio: los exámenes de cada curso son iguales, e hipotéticamente nada impide que una alumna que se presente a Ética, por ejemplo, tal que un lunes, diga las preguntas al resto de sus compañeras de la clase, que tienen hasta el viernes para hacer la prueba. Nada lo impide, ya digo, sólo el pacto de honor.

—¡Qué honor ni qué gaitas! —explica una de mis alumnas, que son de una lucidez pasmosa—. Lo que hace que este sistema funcione es la competitividad. Nadie dice las preguntas así la maten, porque todas quieren obtener la mejor nota.

Y sí, el sistema funciona aterradoramente bien. No hay una sola filtración, ninguna alumna habla, todas recelan. No se puede caer en la debilidad de soplar el examen ni a la mejor amiga; esto es la guerra.

Es invierno y estoy invitada a cenar en casa de una norteamericana, la señora R. Es una mujer aún joven, una brillante profesional, simpatiquísima. Cuando llego, todo está preparado hasta el mínimo detalle, con esa generosa hospitalidad estadounidense. R. me presenta a su marido y a una de sus hijas, una muchacha de dieciséis años muy crecidos. Luego, llevando los platos de la cocina al comedor, me cruzo con un adolescente en chándal, aparentemente otro hijo, que se está preparando un bocadillo y que murmura un tímido saludo de pasada. Nos sentamos a la mesa y advierto que sólo somos tres: R., su marido y yo. La hija grita un adiós, abre la puerta de la calle y se lanza al hielo y la ventisca: son las siete de la noche, aquí muy tarde, y afuera, en esta barriada de extrarradio, sólo hay medio metro de nieve, oscuridad y mucho frío.

Yo estoy maravillada: qué diferencia con la asfixiante y dictatorial familia española, reflexiono. Aquí cada uno va a su aire, no hay problemas; son capaces de mantener a un mismo tiempo el nudo de la relación afectiva y la necesaria independencia. Tan excitada estoy que le comento todo esto a R. mientras me lleva a casa. Y entonces ella me sorprende: «¡Oh!, no, no, tenemos muchos problemas. Aquí las relaciones familiares son muy difíciles. Mi hija, por ejemplo. Hace medio año nos dijo que se había vuelto vegetariana y que ya no podía seguir comiendo con nosotros. Y desde entonces se marcha todas las noches a eso de las siete».

—¿Que se marcha? ¿Adónde?

—¡Ay!, no sé, no sabemos. Estoy muy preocupada.

Yo me imagino la situación en una familia latina. Una chica de apenas dieciséis años que se empeña en irse cada noche a un desierto de carámbanos. Una madre que pregunta, que insiste en saber adónde va, que forcejea, que grita, que le prohíbe salir; una bronca feroz, el aderezo pintoresco de unas lágrimas y quizá el restallar de un bofetón sonoro sobre una mejilla adolescente. En fin, una escena a todas luces detestable. Pero, por otra parte, tampoco R. sabe solucionar el problema, está angustiada. Esa independencia que yo admiraba, ¿será en realidad un extrañamiento mutuo, un producto de las corazas afectivas?

Poco a poco voy recolectando más datos sobre la incomunicación, sobre la ausencia. Las relaciones que algunas de mis alumnas mantienen con sus padres, por ejemplo. O la no relación, el gran vacío.

—Yo a mis padres no es que no les quiera, es que no les conozco, son unos extraños para mí —dice una—. Mi horario de la escuela era distinto al de mis padres, así es que siempre, desde los diez años, he comido y cenado sola, porque llegaba tarde. No les veía.

Ya sé, ya sé que es una generalización y que como tal tiene muchas excepciones y quizá también muchos errores. Pero, ¿qué les sucede a los estadounidenses con sus sentimientos, con sus emociones? ¿Bajo qué blindaje están ocultos? Es quizá el resultado de una vida centrada en el trabajo, tan competitiva y trepidante que queda poco tiempo para hablarse. Es quizá el poso de una sociedad tan individualista y rápida, la angustia por no encontrar la vía, el modo de tratarse. Y, en algunos casos, quizá sea incluso una pura y devastadora indiferencia.

El tópico de la soledad de la sociedad moderna ha sido creado en Estados Unidos, y es ahora, aquí, cuando empiezo verdaderamente a comprenderlo. Tocarse no se tocan: el contacto físico no existe. Los amigos, a la hora de despedirse, se quedan en el quicio de la puerta, basculando su peso sobre unos pies inquietos, sin saber cómo decirse adiós diciéndose al mismo tiempo que se quieren, sin saber palmearse la espalda o darse un beso.

—Si besas en la mejilla a los hombres, o si les coges del brazo, muchos se van a creer que es que te estás insinuando —me advirtieron al verme sobona en demasía.

Y, sin embargo, en lo exterior es una sociedad muy amable. Existe esa cortesía en el trato, ese respeto callejero, esa admirable costumbre de lo cívico. En España nos pisoteamos en las colas, nos insultamos en los coches, nos gritamos en las ventanillas burocráticas, nos pegamos por coger la última mesa en un café; nos maltratamos, en fin, con toda saña, y en conjunto nos comportamos como salvajes. Nada de esto se advierte en Norteamérica. Pero por debajo de este suave convivir hay un vacío, una rígida ritualización de las relaciones amistosas, una pérdida de intimidad y de presencia. ¿Qué les sucede a los norteamericanos, en qué grado de soledad y de ensimismamiento viven? Esa falta de contacto con los otros, esa carencia de espejos afectivos, ¿no está en la base de la sinrazón, de la locura? Extremando esta reflexión y llevando el argumento al paroxismo, todos esos psicópatas, esos tiradores que se apostan en las terrazas estadounidenses para abatir peatones, esos desesperados que ametrallan sin un porqué a los clientes de una hamburguesería, ¿no serán un producto último de la disociación más absoluta, del abismo entre ellos y los otros, de la total ausencia?

Yo, por si acaso, y entre ambos extremos, empiezo a pensar por vez primera que me parece menos mala la odiada familia patriarcal, la madre clueca. Esa familia contra la que hay que pelear, que te ofrece símbolos concretos, personas tangibles a las que oponerte, creando así, en el fragor de la batalla, tu propia entidad, la conciencia de ti mismo, lo que eres. Esa familia omnipresente y arbitraria que a veces te pega un bofetón. Porque dar un bofetón, pese a todo, es también una manera de tocarse.

Hay muchas cosas que me gustan de la cultura norteamericana. El mismo hecho de ser una sociedad a medio hacer impone una determinada vitalidad, muchos puntos de fuga en el sistema. Por ejemplo, su asombrosa movilidad, o su capacidad para asumir los riesgos cotidianos. Luego está su fe en los grandes conceptos: la Justicia, la Libertad, la Democracia, palabras todas muy mayusculadas y estrepitosas. Es esa fe sin poros y sin sombra de dudas que los europeos solemos calificar como inocencia.

Cuando se tacha a los estadounidenses de inocentes, se está empleando el término en un sentido peyorativo. Pero yo no encuentro nada negativo en mantener las utopías, en creer en un proyecto de felicidad común y colectiva. Que los norteamericanos asuman la libertad como un principio inalienable me parece estupendo. Lo malo empieza en el entorno de engaños, en ese maquiavélico sistema que vacía de contenido la palabra y la limita. En Estados Unidos hay tanto entusiasmo traicionado, tanta buena voluntad desperdiciada. Por ejemplo: en la Universidad de Wellesley proyectan *Missing*, la espléndida película de Costa Gavras sobre la intervención de Estados Unidos en el golpe de Estado contra Allende. Al término del filme, cuando se encienden las luces, veo que varias de mis alumnas han asistido, y que algunas de ellas están llorando.

—¡Oh!, hay que hacer algo para cambiar todo esto; cuando yo sea abogada voy a intentar luchar contra esta mierda —dice una entre sollozos.

—Es espantoso, me avergüenzo de ser norteamericana —hipa otra, patéticamente estremecida.

Duele verlas. Duele ver su sufrimiento, su pelea. Su conflicto entre la cultura oficial y la información alternativa que les llega. Yo las observo y me pregunto qué será de ellas en el futuro, cómo resolverán sus dudas, qué generación saldrá de todo esto. Son mujeres inteligentes, sensibles, preparadas, forman parte de la elite de este país gigante. Algunas de ellas se integrarán, sin duda, en la lúcida minoría intelectual y crítica que posee Estados Unidos. Pero muchas otras, me digo, olvidarán que vieron *Missing* y lloraron.

Es tan fácil olvidar en esta sociedad norteamericana. Tengo la sensación de que Estados Unidos es una máquina de alta precisión orientada hacia el desentendimiento, hacia la amnesia. De que es un colosal ingenio de compartimentos estancos, en donde se educa a la gente a ignorar todo aquello que se sale del estrecho círculo de lo que ven y lo que tocan. El mundo se reduce a Estados Unidos, y Estados Unidos se reduce a tu barriada, tu casa, tu trabajo. ¿La política? Bueno, es un ejercicio que unos pocos hacen y que consiste en meter una papeleta en una urna de cuando en cuando. Nada parece tener relación con nada: la realidad se fragmenta en una miríada de ingredientes aparentemente autónomos y sin causalidad reconocida. Y ese sentido antropomórfico de la historia, como si los grandes acontecimientos de la humanidad fuesen obra exclusiva de un solo sujeto, de *supermanes* buenísimos o de perversos criminales. Es pensar que la Segunda Guerra Mundial, por ejemplo, es el resultado de que naciera un loco malvado, ese tal Hitler. El endeudamiento de Alemania, lo inhumano del Tratado de Versalles, el miedo al comunismo, todos esos factores no son más que sandeces frente a un buen malo al que agarrarse.

III

Es tan fácil el olvido en esta sociedad de la opulencia. El olvido no sólo del mundo exterior, sino también del interior, de todo lo desagradable o inquietante. Por no conocer, me parece que muchos no conocen ni la realidad de su propio país. Según un *Le Monde Diplomatique* de principios de este año, en Estados Unidos hay más de treinta millones de personas por debajo del nivel de la miseria. Pero intuyo que esto es algo que no sabe la mayoría de los norteamericanos. Permanecen en la ignorancia sin angustias, eso sí: está todo tan bien organizado que pueden vivir toda su vida sin haber visto un pobre. Los habitantes de Manhattan no visitan jamás el Bronx, ese tercer mundo neoyorkino. Y hay muchos Bronx en Estados Unidos, el moho secreto de la comodidad y el lujo.

Los medios de comunicación contribuyen eficazmente a alisar la realidad, a crear la sustancia amorfa, el magma. En televisión no hay cortinilla que separe los anuncios de la información o los demás programas. Las noticias, la publicidad, las películas, los concursos, los debates, las telecomedias, todo se confunde en un revoltijo no casual, y hay instantes en los que no sabes si estás viendo un *spot* comercial, un filme policiaco o una información sobre un atraco. Es la ceremonia de la confusión y el caos. Tom Broke, un periodista estrella de la televisión norteamericana, sostiene en una entrevista una afirmación chocante:

—El público norteamericano es muy exigente y muy difícil de engañar. Por eso no acepta que los medios de comunicación den sus propias opiniones. Al público norteamericano hay que darle sólo los datos objetivos, y ellos sacan sus conclusiones.

¿De qué objetividad habla Tom Broke, de qué engañosa verdad única? Aparte de alguna revistilla marginal y marginada, ¿qué medio de comunicación estadounidense habla de, por ejemplo, Cuba, sin limitarse al burdo esquema de que es un país malísimo, un cáncer marxista, una fiera dañina para la sociedad norteamericana? Y en cualquier caso, ¿qué subjetividad se encarga de seleccionar los datos objetivos? La objetividad es una entelequia, es algo que no existe. La objetividad de la que habla Tom Broke no es más que una lluvia de datos sesgados. Un atragantarse de noticias para poder vivir desinformados.

Salgo con un amigo norteamericano. Es un hombre afectuosísimo, un tipo culto e inteligente. Hablamos de la paranoia anticomunista que existe en Estados Unidos, de los resultados de la Guerra Fría.

—Además —explica mi amigo para remachar sus argumentos—, hace un par de años, estando yo en la Universidad de xxx, conocí a dos hombres que eran comunistas y me parecieron de lo más normal, eran dos chicos estupendos.

A veces, al oír cosas así, una se pregunta en qué realidad viven estos estadounidenses, en qué extraño y aislado mundo se han formado, de qué nave marciana han escapado.

Son las ocho de la noche en un McDonald's de una calle céntrica. Las hamburgueserías están pensadas para un doble mercado: durante el día son el sueño gastronómico de los niños y los adolescentes; por la noche, el refugio de los *lumpen*, que acuden allí al reclamo de las proteínas baratas. Ahora, ya digo, es más bien tarde, y en la gran sala alumbrada por neones hay sólo una decena de mesas ocupadas. Unos novios en una esquina, un racimo de muchachos quinceañeros junto a la puerta, y mis amigos y yo, formamos los únicos grupos. Las restantes mesas están ocupadas por personas solas, la mayoría con más de cincuenta años. Un par de ellos hablan y gesticulan al vacío. Otros mantienen la mirada fija en un horizonte indescifrable, más allá de la hamburguesa correosa. De repente, algo pasa: uno de los chavalines del grupo adolescente se levanta de la mesa y sale corriendo, pero al abandonar el local resbala y cae, justo en la puerta. Los demás chicos, apenas unos niños, le dan alcance. Son cuatro o cinco y empiezan a patear al muchacho caído: en unos segundos puedo ver cómo le dan un puntapié en los riñones, otro en el estómago, y un tercero, muy fuerte, en la cabeza. El chico se retuerce, gatea, se escapa a cuatro patas, huye tambaleante con los demás detrás, perros de presa, y en un instante han desaparecido todos de la vista. La escena ha sido muy breve: mis amigos y yo nos descubrimos de pie, con un grito en la boca, descompuestos. Alrededor nadie se ha movido, ninguno de los presentes ha prestado atención, nada ha alterado sus gestos autistas y marchitos.

Unos minutos después, cuando los perseguidores regresan, crueles como adultos, ufanos como niños, y se sientan en la misma mesa como si nada hubiera sucedido, los clientes del local siguen impávidos, gesticulando a la noche o mirando sin ver el infinito. Qué ausencia, qué inmensa soledad, qué sinsentido.

A veces tienes la sospecha de que Estados Unidos es un montaje hollywoodiense, que la sociedad norteamericana es fundamentalmente un espectáculo. Espectáculo parece su concepción de la política, sus pasiones públicas, su tendencia a dividir el mundo en héroes y traidores, John Wayne y Jack Palance. El domingo de Resurrección asisto a misa en una iglesia episcopaliana de Boston, porque tengo curiosidad por conocer los oficios protestantes. La iglesia está adornada con guirnaldas y colgaduras, muy bonita. Unos acomodadores te sientan en tu sitio y te ofrecen el programa del acto que vas a ver, o sea, la misa. En el programa constan las partes de que va a estar compuesto el espectáculo, así como el reparto de intérpretes, desde el nombre del protagonista, que es el oficiante mayor, a los acólitos que le ayudan o los artistas invitados.

Comienza al fin la cosa y hay primero un desfile festivo con niños y adultos disfrazados: conejitos de Pascua, animales de fieltro y una bailarina envuelta en gasas a lo Isadora Duncan que cierra la procesión dando airosos y volanderos saltos (el nombre de todos ellos consta en el programa, por supuesto). Después, un cachito de misa propiamente dicha, o de liturgia. Luego un trompetista de jazz interpreta un solo. Más misa. Cantos corales. La homilía, llena de chistes y anécdotas, en un perfecto estilo de *entertainment* a lo Johnny Carson. Otros minutos de liturgia. Un magnífico concierto de Bach, con toda una orquesta instalada en los escalones del altar. Final de la función, grandes aplausos. A la salida, los acomodadores reparten flores a los asistentes. Ha sido un bonito espectáculo, de eso no hay duda: los norteamericanos dominan este negocio como nadie. O sea, que Hollywood ha dejado su impronta también en los registros religiosos. Pero que no se me malinterprete: puestos a elegir, prefiero mil veces este sentido alegre y juguetón de lo divino que la liturgia tradicional católica (espectáculo también, pero en antiguo), llena de llanto y de crujir de dientes, de miedo, penumbra y sacrificio.

No sé cómo explicarles lo hermoso que es Wellesley. La universidad, con su inmenso parque y el lago Waban justo en el medio. Vivir allí unos meses, gozando de lo mejor de los dos mundos, es espléndido. Vivir allí, en el corazón de la opulencia, con magníficas bibliotecas y museos a tu alcance, con todo el confort y las posibilidades que ofrece esta sociedad a quien puede costeárselo. Vivir allí con la paz que te proporciona el ser una extraña, el no participar en la despiadada competencia o en aquellas costumbres sociales que no te agraden. Digo yo que esto puede ser lo que les ha sucedido a todos estos altos cargos socialistas enamorados de Estados Unidos que ahora andan empeñados en americanizar España. Digo yo que estudiaron en Estados Unidos y que ahora rememoran, más que el país real, el esplendor de esa privilegiada experiencia, que cuenta además con el atractivo añadido de ser un fogoso recuerdo juvenil. Lo cierto es que visto así, a caballo de las dos culturas, a medias desde dentro y desde fuera, el mundo norteamericano resulta cautivador. Atardece en Wellesley, la penumbra cae sobre las bellas casas centenarias y el lago Waban está de un intenso color azul cobalto.

De los norteamericanos me gusta, entre otras cosas, su amabilidad, su disciplina. Nada de marrulleros que se cuelan en las colas a codazos, nada de listillos chapuceros. Tema aparte es la tan mentada eficacia de Estados Unidos. Sí, la verdad es que parecen eficaces. Ya sé, ya sé que hay intelectuales que aseguran que eso es mentira, como Marvin Harris, que además es norteamericano, por más señas, y que en su delicioso libro *Un estudio antropológico sobre la cultura norteamericana* explica que la sociedad estadounidense no es eficaz en absoluto, que la Administración es un caos, que las empresas no funcionan, que los productos *made in USA* son un asco. Debe de tener razón en lo que dice, porque lo argumenta bien y ofrece datos. Pero si Estados Unidos no es eficaz, entonces España es, por comparación, el más atroz de los desastres. Porque en Norteamérica la mecánica de la vida cotidiana funciona bien, muy bien. Tus cartas profesionales son siempre contestadas y en razonable plazo, los proyectos de trabajo están bien organizados, los autobuses llegan a su hora, los actos públicos parecen estar planeados al detalle. Si hay una bonita vista en una carretera, al lado habrá un aparcamiento para que puedas descender del coche a contemplarla. Si llamas a un organismo oficial para informarte de un asunto, una cinta automática te informará durante las veinticuatro horas del día de los datos precisos que necesitas saber, justo esos datos. Si estás haciendo cola ante la entrada de un museo, un funcionario recorrerá la línea entregando un mapa de las instalaciones a cada persona y explicando cuáles son y dónde están las exposiciones temporales y las horas de cierre de las diversas salas. En fin, que tal parecería que piensan en todo o casi todo. La cuestión reside en saber cuál es la finalidad, hacia dónde está encaminada esa eficacia. Usando un símil extremado, los técnicos que inventaron los hornos crematorios nazis, resolviendo así el difícil problema de matar a muchos judíos al mismo tiempo, fueron unos genios de eficiencia. La eficacia no es más que una herramienta. La eficacia por la eficacia, un sinsentido.

Estoy en un parque. Allá lejos, en una pradera inmaculada, unos niños juegan a la pelota. Un tiro inhábil hace rodar el balón hasta mis pies. Tras él aparece un crío de siete u ocho años, seguramente el más pequeño del grupo, aquel a quien se le encargan los trabajos aburridos, los recados. El chico recoge la pelota y yo aprovecho la cercanía para decirle algo, ya no sé el qué, una de esas tontunas amables que suelen decir los adultos a los niños. El chavalín no responde: aprieta el balón contra su pecho y me mira con ojos muy abiertos y asustados. Después se marcha sin perderme la cara, caminando lentamente hacia atrás como quien se aleja de una serpiente cascabel o un toro bravo. Primero me sorprende su actitud. Luego mi memoria empieza a funcionar y caigo en el porqué de tanto miedo: es un resultado de la psicosis de los niños secuestrados.

Un programa de televisión da una cifra espeluznante: en Estados Unidos han desaparecido un millón de niños. Los secuestros de críos constituyen una reciente y siniestra moda. Es un delito que ha crecido tan aparatosamente, que hoy es tan común, que los periódicos ya no dan noticia de ellos, del mismo modo que las sociedades industriales no pormenorizan los muertos en accidentes de tráfico: sólo se publican los recuentos globales, macabras estadísticas. Eso sí, todo el mundo está espantado ante el fenómeno. Se han creado asociaciones de ayuda, cuerpos especiales de policía, oficinas centrales para recoger las denuncias. Los medios de comunicación, las escuelas, las asociaciones familiares, los municipios y las comisarías imparten charlas informativas sobre el tema y urgentes consejos, una lista de precauciones de emergencia. Hay que informar a los niños del asunto, por ejemplo, para que sepan defenderse. Hay que decirles que no hablen nunca con un desconocido, y que si un extraño se dirige a ellos, no deben contestar jamás y han de alejarse a toda prisa. Es una psicosis de pavor de la que no se salva nadie o casi nadie. Es el gran miedo de la sociedad norteamericana de hoy. Es el agujero negro de la máquina, el horror.

Porque el asunto es horrible, desde luego. Al parecer, algunos niños son secuestrados para obtener dinero por ellos a través de un rescate; otros, menos afortunados, van a parar al mercado negro pornográfico, y otros, en fin, tienen la atroz desgracia de haber sido secuestrados por un sádico. En cualquier caso, muy pocos de los niños desaparecidos son recuperados vivos: los restantes permanecen ahí, en el recuerdo, cumpliendo años de angustiosa ausencia. Están en carteles adheridos a las paredes de las estafetas de correos o fijados con chinchetas en los pasillos de los edificios públicos. Una firma puntera de productos lácteos imprime fotos de niños desaparecidos en sus cartones de leche, y así, en la neblina matinal, cuando aún estás a medio recomponer tras la tregua del sueño, puedes desayunarte contemplando las caritas borrosas y sonrientes de Patrick, once años, secuestrado en 1982 en California, o Jo Ann, ocho años, secuestrada en 1984 en Arizona. Es en esos momentos cuando los norteamericanos intentan descubrir qué es lo que falla en el corazón de esta sociedad para que en él anide un monstruo semejante.

Uno de los tópicos sobre Estados Unidos es el de la famosa libertad estadounidense. Una profesora cubana que lleva en Norteamérica desde niña me habla de ello:

—En este país la verdad es que la gente no se mete contigo por nada. Por ejemplo, cuando yo me divorcié estuve en España, y todos parecían sentirse con derecho a opinar sobre ello. No sólo mis conocidos, sino incluso los funcionarios, a los que les parecía fatal que yo tuviera dos hijos y que sin embargo figurara en mis papeles como soltera. En Estados Unidos, en cambio, nadie te dice nada, nadie te impone nada, tienes completa libertad.

Sin duda tiene razón en lo que dice. En Norteamérica hay una serie de libertades individuales que son muy respetadas. La homosexualidad, sin ir más lejos. Estados Unidos es un país en el que se han llegado a crear escuelas para adolescentes homosexuales, para que no se sientan marginados. ¿O es quizá para que no *contaminen* a los demás muchachos? Sea como fuere, lo cierto es que la vida íntima, digamos, se acepta en su diversidad y en su derecho. Claro que, si bien se mira, son libertades que no afectan la sustancia del sistema social. El montaje norteamericano no sufre lo más mínimo por reconocer la homosexualidad, pongo por caso, estando como estamos en un mundo avanzado que necesita recortar las tasas de natalidad y en el que la familia ha dejado de ocupar un papel preponderante.

Se me ocurre que las dificultades vienen con los disidentes al sistema, o con aquellos a los que el sistema considera disidentes. ¡Oh!, sí, hay muchos intelectuales críticos en Estados Unidos, y además sobreviven bien. Muchos de ellos desarrollan incluso una brillante carrera profesional. Es natural: Estados Unidos es un país elástico y enorme en el que hay cabida para todo, y ese todo incluye una minoría radical que también puede ser útil.

No estoy hablando, pues, de esa elite crítica. Estoy hablando del oficinista de Ohio, del granjero de Wisconsin. O sea, de la masa del país. Y caben tantas suspicacias en esa enorme franja de pensamiento uniformado... Tal parecería que una divergencia de opinión respecto a, pongo por caso, la política de Estados Unidos en Centroamérica puede llegar a convertir al granjero o al oficinista en sospechoso. Por lo menos se le tachará de antiamericano; alguna mente particularmente febril puede creerle incluso un sucio espía, un agente provocador, un mercenario. No le van a mandar a Siberia por eso, lo cual es, a todas luces, una gran ventaja. Pero es posible que en su trabajo le miren mal, que los vecinos le hagan el vacío, que los amigos le consideren demasiado extraño para poder fiarse. Todo esto sin hablar de las reservas de indios Quinault, por ejemplo: alcoholizados, sin posibilidades, sin futuro. Es decir, todo esto sin hablar de aquellos que no tienen libertad ni para plantearse el derecho de ser libres. Pero ése es otro asunto, desde luego.

Elena Gascón Vera, que es la *chairman* —o sea, la jefa— del Departamento de Español de la Universidad de Wellesley, me dice una de las cosas más lúcidas que he oído sobre la sociedad norteamericana, que ella conoce bien y aprecia mucho:

—Estados Unidos es un país conformista, sí. Pero es que es muy fácil conformarse cuando estás en una sociedad en la que si te conformas medras. Y aquí el dinero es muy importante.

No voy a decir que Estados Unidos sea la perfecta tierra de las oportunidades que el tópico proclama. No hay más que ver las estadísticas sobre los ingresos medios de los blancos y los negros, por ejemplo, para darse cuenta de que las oportunidades no son las mismas para todos. Pero ésta es una sociedad muy rica y con muchas posibilidades. Si perteneces a esa extensa clase media con suficientes privilegios, y empleas toda la energía de tu vida en el trabajo, y, como dice Gascón Vera, te *conformas*, lo más seguro es que consigas el éxito, es decir, dinero, ese dinero aquí divinizado.

En España, en cambio, estamos devorados por la inercia y las rutinas. Llevar adelante cualquier proyecto es un esfuerzo ímprobo. No es sólo que seamos un país muy pobre: es que recelamos del éxito del otro y mantenemos una táctica social de peso muerto. En Estados Unidos, por el contrario, todo el sistema propicia las pequeñas innovaciones, siempre que se demuestren rentables. En eso es una sociedad mucho más dúctil, más abierta, lo cual es envidiable. Lástima que haya que pagar un precio tan alto en conformidad, en obsesión productiva, en competencia.

Un corto viaje de turismo por el estado de Washington, que está allá en el fin de todo, junto a Canadá, en la Costa Oeste. Nos encontramos en Aberdeen, un pequeño pueblo perdido en un vasto territorio casi salvaje. Estamos cenando una hamburguesa en el único café abierto de la zona, que naturalmente está vacío. Son las diez de la noche y afuera llueve.

El pueblo es una pura desolación, no se ve un alma. Enfrente, al otro lado de la carretera, hay un inmenso almacén de lámparas, una especie de hipermercado de la iluminación, todo resplandeciente, encendido como una verbena, una pura ascua.

Un almacén de lámparas que permanece abierto a las diez de la noche en Aberdeen, en la última esquina del mundo, en este pueblo que parece carecer de pobladores. Pero ahí está esa tienda de dimensiones colosales escupiendo luz por todas partes, por supuesto vacía y sin clientes. En Estados Unidos hay muchos almacenes de este tipo, grandes y aparatosos locales abiertos hasta altas horas de la noche, en los que nunca veo a nadie. Ahora, mientras mordisqueo la hamburguesa, me pregunto si alguna vez alguien comprará una lámpara ahí enfrente; si tendrá algún sentido tanto espacio, tanto estrépito de luz. Si este deslumbrante espectáculo tiene una razón de ser, un centro, o si en su interior sólo hay ausencia.

Unos cuantos coches pasan por la carretera, muy de vez en cuando, y desaparecen en la noche con ruido a asfalto mojado. Son unos vehículos inmensos que arrastran el vacío de su interior, desmesurado para su único ocupante.

La tienda de lámparas está tan sola, es tan absurda en sus destellos. Desde luego, su apariencia es formidable: los norteamericanos son los reyes sin discusión del espectáculo. Pero por debajo del decorado y de la brillantez, ¿hay algo? No sé dónde está el tuétano de este país gigante y joven, de esta cultura a medio hacer.

Cegada por la opulencia, emborrachada por los brillos, me asalta una loca idea, un desatino: quizá Estados Unidos no sea más que un colosal almacén de lámparas vacío.

Australia, la última frontera
(1988)

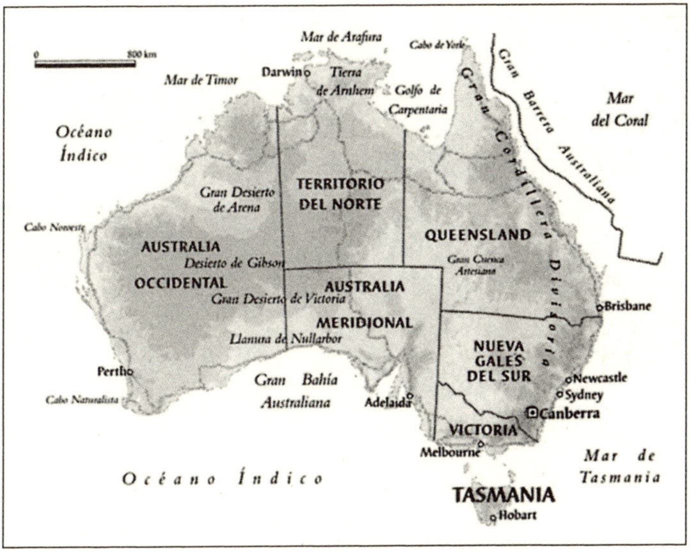
0
500 km
Mar de Arafura
Cabo de York
Darwin
Tierra de Arnhem
Mar de Timor
Golfo de Carpentaria
Gran Barrera Australiana
Mar del Coral
Océano Índico
Gran Cordillera Divisoria
TERRITORIO DEL NORTE
Gran Desierto de Arena
Cabo Noroeste
QUEENSLAND
AUSTRALIA OCCIDENTAL
Desierto de Gibson
Gran Cuenca Artesiana
AUSTRALIA MERIDIONAL
Gran Desierto de Victoria
Brisbane
Llanura de Nullarbor
NUEVA GALES DEL SUR
Perth
Gran Bahía Australiana
Newcastle
Sydney
Cabo Naturalista
Adelaida
Canberra
VICTORIA
Melbourne
Mar de Tasmania
Océano Índico
TASMANIA
Hobart

AUSTRALIA

Desierto e Internet

Estoy segura de que el fascinante outback *australiano habrá cambiado mucho con la llegada de las nuevas tecnologías: ahora todos tendrán teléfonos móviles, por ejemplo (lo cual es un seguro de vida en esa vastedad ruda y desértica), y los niños que habitan en granjas aisladas en mitad de la nada ya no estudiarán a través de una emisora de radio, sino por Internet. Durante muchos años Australia fue uno de mis países preferidos: por su excitante mezcla de ciudades modernísimas y de tierras salvajes que no están marcadas en los mapas; y porque en las últimas décadas se las habían apañado para construir una sociedad multicultural de lo más atractiva, tolerante y abierta. Pero toda esa imagen de sensatez cívica se me hizo trizas el verano de 2001, cuando el primer ministro John Howard y su gobierno se comportaron de aquella manera abominable con el Tampa, el barco de refugiados náufragos al que no dejaban atracar. Una actitud política vergonzosa que aún no les he podido perdonar y que ha enfriado considerablemente mi entusiasmo australiano.*

El motel Mario's, de Broken Hill, tiene un pub al que acuden los vecinos para matar el día. Broken Hill es un pequeño pueblo del interior de Australia. A principios de siglo fue la mina de plata más importante del mundo, pero hoy el metal está casi agotado y el lugar languidece lentamente. En Mario's, las tardes son muy largas y los hombres se aturden bebiendo cerveza tras cerveza. Sobre la barra hay un dibujo enmarcado de una cortesana picarona con los pechos desnudos y mucho encaje negro. Unos metros más allá, en la zona reservada al comedor, hay otro cromo: es la reina Isabel de Inglaterra, también llena de encajes, pero blancos y en actitud mucho más pulcra. Mario's parece un decorado de película, un *saloon* del Oeste. En la costa australiana han brotado ciudades cosmopolitas y modernas, pero el pasado de esta sociedad es tan reciente que todavía están sentados sobre él. El ayer es Mario's, y aún existe. Australia es un país tan joven que incluso tiene cumpleaños.

Fue un español, Torres, quien avistó por vez primera estas costas remotas, en 1606. Después, y durante más de siglo y medio, los holandeses navegaron junto a ellas sin mostrar ningún interés por ocuparlas: el territorio parecía árido y paupérrimo y estaba fastidiosamente poblado de aborígenes. Pero, en 1770, el capitán Cook descubrió que las costas orientales eran mucho más ricas, así es que desembarcó brevemente junto a lo que hoy es Sidney y decidió que ese extremo del mundo era británico.

Sin embargo, la nueva esquina del imperio estaba tan alejada que quizá hubiera pasado mucho tiempo sin explorar si no hubiera sido por la revolución norteamericana. Al perder Norteamérica, los británicos perdieron también la posibilidad de seguir deportando allí a sus presos, asunto grave si tenemos en cuenta que la burguesía británica de la época mostraba un especial tesón en encarcelar a sus pobres y que por el simple robo de una gallina te podían condenar a diez años de trabajos forzados. Tenían una infinidad de presidiarios, y decidieron enviarlos a las tierras de abajo, al mundo nuevo. El primer convoy llegó a lo que hoy es Sidney en enero de 1788; eran 736 convictos, bajo la custodia del capitán Phillips. Así empezó este país, como una colonia penitenciaria, y eso siguió siendo durante más de sesenta años.

Ahora, en las fiestas del bicentenario, los australianos han asumido con una honrosa falta de complejos esos comienzos carcelarios; pero lo cierto es que las primeras décadas de la colonia fueron durísimas. Era una tierra casi sin ley, con guarniciones corruptas y gobernadores generales que gobernaban poco. Por entonces se produjeron las mayores atrocidades contra los aborígenes, a los que se llegó a cazar por diversión, como a animales. A la llegada de los británicos había entre 700.000 y un millón de aborígenes, repartidos por todo el continente; hoy quedan 160.000. Hay tribus que han desaparecido por completo, y en los libros de historia se puede contemplar una foto patética: dos hombres y dos mujeres negros vestidos con ropas de finales de siglo y con una extraña expresión entre solemne y desolada: son los últimos aborígenes de Tasmania; cuando murió Thiganini, la más longeva del grupo, se extinguió su raza. Es el único documento gráfico que conozco de la aniquilación de todo un pueblo.

La historia de Australia es la historia de un aislamiento. Siempre han estado demasiado lejos; el mundo se encuentra *overseas* ('al otro lado de los mares'), separado por una inmensidad de agua. Éstos son los confines de la Tierra, porque más allá de Australia y Nueva Zelanda sólo queda un océano vacío que se desploma lentamente hacia los hielos. El aislamiento físico se ha visto potenciado además por el aislamiento psicológico, porque Australia, colonia británica hasta 1901, ha tenido siempre vocación europea y alma inglesa. Aunque su posición geográfica corresponde al Pacífico asiático, nunca ha querido relacionarse con sus vecinos naturales, y se mantuvo espectacularmente blanca hasta hace quince años, cuando el primer ministro laborista Gough Whitlam acabó con la denigrante tradición de la *política blanca* que impedía la emigración a la gente de color.

Hoy, Whitlam tiene setenta y dos años y es un hombre cansado que deja aún entrever un pasado de altanería y fiereza. Llegó al poder en 1972, tras veintitrés años de Gobiernos conservadores. Sólo duró dos años y medio, pero en tan corto espacio de tiempo introdujo infinidad de cambios, desde sacar a Australia de la Guerra de Vietnam hasta abolir la pena de muerte. Whitlam modernizó el país y, sobre todo, fue el primero que realmente se enfrentó al problema de los aborígenes, estableciendo la Comisión de Derechos a la Tierra y devolviendo a las tribus el 12 por 100 del territorio australiano, incluyendo el monte Ayers, la famosa roca en medio del país que, bajo el nombre de Urulu, es un lugar sagrado para los aborígenes. Además, Whitlam fue un catalizador del incipiente sentimiento nacionalista de este país a medio hacer; por ejemplo, estableció un nuevo himno nacional en sustitución del «Dios salve a la reina» británico. Porque el jefe de Estado australiano sigue siendo la reina de Inglaterra, representada en el país por un gobernador general.

El momento histórico que le tocó vivir a Whitlam fue particularmente difícil: «Eran los comienzos de la crisis del petróleo, y ésa fue la mayor dificultad de mi Gobierno, porque, por entonces, los australianos todavía teníamos que aprender que somos económicamente vulnerables a los movimientos del mundo, que no vivimos tan aislados como pensamos». En 1975, el Senado, con mayoría conservadora, bloqueó los presupuestos, y el gobernador general, entonces *sir* John Kerr, echó a Whitlam en nombre de la reina usando las enmohecidas prerrogativas que le otorgaba la Constitución. El asunto fue un escándalo y puso en evidencia la paradójica conflictividad del sistema australiano, a medio camino entre la modernidad y la herencia colonial. «Aquello fue un escándalo tremendo, sí», reflexiona ahora Whitlam, y los ojos se le encienden con el rescoldo de una furia antigua y colosal. «El problema fue que el gobernador general era un hombre profundamente deshonesto y traicionero, que mantuvo en secreto lo que pensaba hacer y convocó elecciones en el momento en que más favorecía a la oposición.»

El pasado mes de enero, coincidiendo con el bicentenario, la televisión británica emitió un informe del periodista australiano John Pilger en el que se acusaba a la CIA y a los servicios secretos británicos MI-5 y MI-6 de haber conspirado para la destitución de Whitlam. Sea como fuere, la herida escuece aún en Australia; se ha creado una comisión, a la que pertenece Whitlam, con el encargo de preparar una nueva Constitución que impida que se repitan hechos semejantes. Pero, según las encuestas, sólo un tercio de la población estaría a favor de la república, de quitar la bandera inglesa de la enseña nacional y romper definitivamente el cordón umbilical con el Reino Unido.

Porque en la memoria colectiva australiana sigue alentando un nostálgico sueño anglosajón. No se trata sólo de las muchas fotos de la reina Isabel: en traje de gala, Isabel de perfil, Isabel con banda al pecho, cuajada de condecoraciones o coronada de diamantes, todos esos cromos coloreados con los que te tropiezas en los lugares más insospechados de la geografía australiana. Es, además y por ejemplo, la banda de música escocesa, uniformada con morriones peludos y *kilts* a cuadros, con que el Ayuntamiento de Sidney recibe, a golpe de gaita, a sus invitados ilustres. O la fuente pública, también en el centro de Sidney, con la figura en bronce de Isley, el perrito preferido de la reina Victoria; fuente inefable que además tiene empotrada una piedra procedente del castillo de Blarney, en Irlanda. Y el adoquín ancestral muestra hoy una superficie pulidísima de las muchas manos que lo han ido tocando, durante años, con la misma reverencia con que se soban las reliquias del santo patrón.

Aunque la relación de Australia con el Reino Unido es más bien la del niño adoptado que ansía que su madrastra le quiera como quieren las madres verdaderas. Durante toda la primera mitad del siglo XX dependieron económica y políticamente del Reino Unido, y en las dos guerras mundiales los australianos se entregaron con abnegación a la causa británica y sirvieron heroicamente de carne de cañón, sucumbiendo a decenas de miles en carnicerías tan tremendas como la de Gallípoli. Fue precisamente la Segunda Guerra Mundial la que marcó la primera ruptura emocional con la metrópoli: los japoneses bombardearon el norte del país, y los australianos, que temieron ser invadidos, no encontraron la ayuda necesaria en el Reino Unido. El laborista Curtin, primer ministro en aquel tiempo, dijo entonces las famosas palabras que pusieron punto final a una época: «Quiero dejar absolutamente claro, sin inhibiciones de ningún tipo, que de ahora en adelante Australia mirará hacia América, libre de toda clase de compromisos con respecto a nuestros lazos de tradición y consanguinidad con el Reino Unido». Pidieron ayuda a Estados Unidos, y éste les mandó al general McArthur con tropas, aviones y barcos, y la dependencia económica y política basculó de un país a otro. Es decir, que los australianos terminaron teniendo que luchar en Vietnam.

«El problema de Australia es de dependencia», dice Whitlam. «Primero fue el Reino Unido; tras la guerra, y hasta los años sesenta, dependimos estratégica, económica y diplomáticamente de Estados Unidos. Más tarde, en los setenta, la influencia económica preponderante ha sido la japonesa. Y ahora la gente tiene que darse cuenta de que Australia es mucho menos importante para el Reino Unido, Estados Unidos o Japón de lo que siempre hemos pensado que ellos, sucesivamente, lo han sido para nosotros. No hay nada que nosotros produzcamos o hagamos que sea esencial para nadie. De modo que lo que debemos hacer es diversificarnos, desarrollar un mayor ámbito político, cultural y económico del que tenemos.»

El sueño anglosajón que este país padece es, por otra parte, un sueño imposible. Lo explica muy bien Claudio Pierluigi, director hasta hace unos meses de la comisión de asuntos étnicos y multiculturales de Perth: «El 12 por 100 de los australianos no sabe inglés; son emigrantes ya nacionalizados, pero que nunca han conseguido aprender el idioma. A esto hay que añadir un 1 por 100 más de los aborígenes que tampoco hablan nuestra lengua. Del 87 por 100 restante, alrededor de un 45 por 100 es gente cuyos padres pertenecen al primer grupo. Es decir, que hoy sólo hay un 40 por 100 de australianos que pertenece realmente a la cultura anglosajona». El propio Claudio, nacido aquí hace veintinueve años, es hijo de italianos: «Aunque la tradición predominante es la británica, lo cierto es que somos una nación absolutamente multicultural. Tenemos cien culturas, trescientas lenguas, ochenta religiones. Somos el país con más diversidad cultural del mundo, exceptuando Israel; pero Israel tiene un nexo de unión religioso del que nosotros carecemos».

Desde luego, Australia es un país único y distinto. La historia y la geografía, la fauna y la flora, todo confluye para hacer de este confín del mundo un lugar de un exotismo muy especial. Australia posee un territorio inmenso: su superficie es dieciséis veces la de España, pero tan sólo cuenta con dieciséis millones de habitantes. Tres grandes desiertos e infinidad de zonas áridas vacían el interior del país; la población se apretuja en la fértil costa oriental; dos tercios de los australianos viven en las ocho ciudades principales. Los grandes núcleos urbanos, sobre todo Melbourne y el bellísimo Sidney, con tres millones de habitantes cada uno, son rutilantes ciudades nuevas con un corazón de rascacielos. De primeras, su apariencia recuerda más a Estados Unidos que al Reino Unido, pero hay algo sutilmente distinto en el ambiente, un ritmo más relajado, un amor por la tradición, un mayor énfasis en la calidad de vida y en la armonía del detalle.

Y luego, más allá de los lindos suburbios de guirlache, comienza la verdadera diferencia. Primero viene lo que ellos llaman el *bush*, esto es, el campo. Pero un campo de proporciones gigantescas, tiránico e intacto. En el reseco interior del país, en zonas que en invierno rozan la helada y en verano se abrasan, la dimensión media de los ranchos es de 35.000 hectáreas. Estas enormes propiedades son, sin embargo, negocios familiares; padres e hijos se bastan para atender los grandes rebaños de ovejas merinas que hacen de Australia el primer país exportador de lana del mundo. Los pastores australianos usan motos y helicópteros para recorrer sus posesiones, y viven austeramente en el corazón de la nada: sus vecinos más próximos pueden estar a cien kilómetros de distancia. El aislamiento de Australia es también un mito de aislamiento interior: el recuerdo del *bush*, de la solitaria dureza de esta tierra.

«Trabajo doce horas al día y siete días a la semana», explica Andrew Bailey, perteneciente a una familia de granjeros que lleva seis generaciones trabajando la tierra. Andrew tiene treinta años y un rancho en Mittagong, a 130 kilómetros de Sidney. Estamos en la zona este del país, la más fértil y poblada, y por eso la propiedad *sólo* ocupa 8.000 hectáreas, con 10.000 ovejas y 900 vacas. Andrew se las arregla para atender por sí solo todos los trabajos del rancho, mientras su mujer, Annette, se encarga de sus dos hijos pequeños. «Yo estoy acostumbrado a esta vida, pero mi mujer se siente un poco frustrada, porque es de Sidney y echa de menos el no poder tener vacaciones, aunque de cuando en cuando nos vamos; hace dos años, por ejemplo, nos fuimos cinco días a las islas Fidji.» Andrew saca a sus perros pastores y me los presenta circunspectamente, como si se tratara de personas: «Éste es Blacky, y ése es Bob».

Vamos dando tumbos en un *jeep* por veredas imposibles hasta el centro de su propiedad, y allí suelta a los animales. En unos instantes, y siguiendo las órdenes que Andrew silba, los perros reúnen como por arte de magia un hirviente remolino de ovejas. Hace calor y el ruido de las cigarras ensordece. Modernos, felices y guapos, los Bailey parecen unos granjeros de película.

Hay que adentrarse en el interior del país para saborear de verdad la inmensidad. Hay que ir, por ejemplo, a Broken Hill, la ciudad minera moribunda. Broken Hill tiene hoy veinte mil habitantes y es el centro urbano de una vasta región inhóspita. Se trata de lo que aquí llaman el *outback*, que es lo que se extiende más allá del *bush*: la tierra salvaje, un mundo deshabitado e implacable. Aquí los coches tienen casi todos emisora de radio, porque es un suicidio aventurarse por las calcinadas pistas del *outback* sin un contacto de emergencia, y los morros de las carrocerías están reforzados con las *roobar* o barra contra canguros, sólidas parrillas de hierro que confieren a los vehículos una áspera apariencia de carros de combate. Los coches del *outback* son tan rudos como el medio geográfico.

Broken Hill es cabeza de distrito del Royal Flying Doctor Service o 'servicio de doctores aéreos', un sistema ideado en los años veinte por un sacerdote de la Iglesia unionista. En el país hay diversas bases de Flying Doctor, y cada una de ellas atiende una región desolada. El distrito cubierto por Broken Hill abarca 640.000 kilómetros cuadrados (la superficie de España es de 504.000), Y en esa enormidad, si exceptuamos Broken Hill y un par de pueblos diminutos, viven menos de cuatro mil personas, familias aisladas que han de emprender un largo viaje para alcanzar a sus vecinos más cercanos. Es un océano de tierra ardiente habitado por los más fantásticos lagartos. Y por serpientes: de las diez especies más venenosas del mundo, ocho se encuentran en Australia.

Los Flying Doctor suponen un seguro de supervivencia para aquellos que viven en condiciones extremas. No se trata tan sólo de un servicio médico: en su origen era también un sistema de comunicaciones. Las gentes del *bush* están provistas de equipos de radio, y a través del Flying Doctor podían encargar provisiones o dar mensajes personales. «Hoy este servicio se usa mucho menos», explica Gary Oldman, jefe del Centro de Comunicaciones de Broken Hill, «porque la mayoría de las familias del *bush* tiene ya teléfono». Pero la atención sanitaria sigue siendo una actividad fundamental. La base de Broken Hill cuenta con dos bimotores capaces de aterrizar en cien metros y un tercer aparato más rápido para largas distancias; cinco doctores y ocho enfermeras realizan un trabajo a medio camino de la rutina y lo imprevisto, distribuyéndose entre visitas periódicas y emergencias.

«El año pasado tuvimos unos trescientos servicios de emergencia», dice Richard Heath, de treinta años, médico del servicio. Richard acaba de aterrizar en el pequeño aeropuerto de Broken Hill; son las 5:30 de una tarde achicharrante, y su jornada de trabajo empezó a las 6:30 de la mañana. «Hoy ha sido un día tranquilo. Ayer, en cambio, fue tremendo. Un hombre se cortó una mano y tuvimos que llevarlo a la capital del Estado. Ayer empezamos a las seis de la mañana y terminamos a las diez de la noche; aterrizamos siete veces, vimos a treinta y cinco pacientes y recorrimos una distancia equivalente a hacerse Madrid-Fráncfort-Oslo-Londres-Madrid.»

Todas las casas del *bush* tienen un campo de aterrizaje, y en caso de necesidad, los aviones han llegado a usar las carreteras: «Volamos como sea, incluso con tiempo muy malo». Accidentes de automóvil y domésticos, ataques al corazón y problemas en el embarazo son las emergencias más comunes: «Pero los habitantes del *bush* son personas muy duras, no te llaman si no están verdaderamente mal. Por ejemplo, cada año nacen de quince a veinte niños a bordo de los aviones; esto te da una idea de que las mujeres se aguantan hasta el final para llamarte. Las gentes del *bush* recolectan dinero cada año para pagar el servicio: organizan rifas, concursos y carreras de caballos. Se esfuerzan en sacar la mayor suma posible, porque después el Gobierno aportará al Flying Doctor la misma cantidad que ellos han recogido. «Estamos a una hora de vuelo del punto más lejano de nuestro distrito», explica Richard con orgullo: «Cualquier persona del *bush* puede hablar con un doctor en dos minutos y recibir su visita en una hora. Dime en qué gran ciudad del mundo se pueden garantizar unos servicios médicos tan eficaces...».

Es el triunfo del ingenio frente a una naturaleza enemiga. El Flying Doctor Service funciona a la perfección, del mismo modo que funciona la escuela por radio, que imparte clases de nueve a tres todos los días: «Y los chicos tienen mucho desparpajo, se acostumbran a hablar por radio sin ninguna timidez, participan más que en una clase normal», explica el jefe de comunicaciones, Gary Oldman. Australia es un país que no sólo tiene educación gratuita, sino que además es verdaderamente obligatoria; esto es, no mandar a un hijo a la escuela supone incurrir en un delito, y los padres no pueden retener a un niño en casa para que cuide de su hermano enfermo, por ejemplo, so pena de acabar siendo procesados.

Así estudió Steve Bottom, a través de la radio. Steve tiene treinta y nueve años y hasta hace diez vivió en un rancho en mitad de la nada. Es, pues, un típico hombre del *bush*, un espécimen en gran medida mitificado por los australianos de ciudad. «Sí, quizá las gentes de ciudad nos admiren a los del *bush*, pero sobre todo yo creo que hay una gran falta de entendimiento. Porque es tan distinto vivir en el *bush*... Allí el tiempo no significa nada, y la distancia es diferente. Por ejemplo, para nosotros es normal conducir trescientos kilómetros para acudir a una fiesta.» Steve reside ahora en Broken Hill y se dedica a hacer recorridos turísticos al *outback* «porque así alterno la vida de ciudad y la vida de ahí fuera; si no tuviera una hija pequeña me volvería al *bush*». Pero el *bush* está cambiando desde que llegó la televisión, los jóvenes se están marchando a las ciudades: «Claro, quieren encontrarse con chicos y chicas, y ahí fuera se pueden llegar a sentir muy solos».

La soledad del *outback* tiene una densidad especial, un temblor de riesgo. Porque el *outback* mata a quien no está curtido en sus reglas extremas: «Hace un año contrataron a dos muchachos en el norte de Australia para que se hicieran cargo de unos ranchos», explica Steve. «Eran dos chicos de dieciocho y diecinueve años, que no conocían el *bush*. Los encontraron muertos a unos cientos de metros de su coche. La inexperiencia es muy peligrosa.» El peligro se palpa y se respira en cuanto te internas en los campos. De Broken Hill a White Cliffs, por ejemplo, hay que hacer trescientos kilómetros por una pista de tierra tan reseca y dura como la piedra; no hay casas ni signos de civilización, a excepción de un par de carteles indicadores impregnados de polvo rojizo, y en el trayecto tan sólo nos cruzamos con un coche. A ambos lados del camino, cadáveres de canguros y jirones de neumáticos ponen la única nota de variedad en un paisaje de monotonía hipnotizante.

White Cliffs es un minúsculo pueblecito que vive del ópalo. Posee una población flotante de 50 a 250 habitantes, porque el verano es tan caliente que la mayoría se marcha. En realidad, en el lugar sólo hay una media docena de mineros auténticamente profesionales, que residen aquí durante todo el año. El resto son gentes de ciudad que viven del paro y que acuden a White Cliffs durante algunos meses para sacarse un sobresueldo. Basta con ir al registro, reclamar una concesión de terreno y pagar 25 dólares (2.000 pesetas) al año; eso te da derecho a clavar un palo cifrado en la zona elegida y a cavar en una superficie de veinticinco metros en torno a la estaca. Las colinas que rodean White Cliffs son un paisaje lunar horadado por más de cincuenta mil agujeros y erizado de palitroques numerados.

White Cliffs es el fin del mundo, un pozo de polvo aplastado por un calor de infierno. En invierno el termómetro baja a los cero grados, en verano alcanza los 50°. Los mineros viven en cuevas que ellos mismos se excavan bajo tierra y que mantienen naturalmente una temperatura constante entre los 18° y los 22°. La casa de Kurt Kanis, por ejemplo, es una especie de palacio subterráneo con alfombras y revestimientos de madera. Kurt tiene cuarenta y cinco años, nació en Alemania y se recorrió «medio mundo antes de llegar aquí». Mucho debió de andar y de vivir, porque su rostro tiene ese aire secreto y vagamente amenazador de quien guarda recuerdos agobiantes.

Es un hombre de ardientes ojos mefistofélicos y piel renegrida de soles; tan sólo viste unos desgarrados pantalones cortos y está tiznado de polvo de la cabeza a los pies: el perfecto tipo del minero de epopeya. Vive solo, pero su casa está tan limpia y ordenada como un convento de monjas. Kurt es uno de los mineros profesionales: reside desde hace trece años en White Cliffs, sin que los estrechos límites del pueblo parezcan agobiarle, aunque el lugar sea tan pequeño que ni tan siquiera tiene policía: «Y no la necesitamos, porque aquí no pasa nunca nada.

Date cuenta de que no es fácil escapar de aquí: hay cien kilómetros de desierto hasta el pueblo más cercano. El único problema que puede haber es que algún borracho se pase, pero si eso sucede el pub del pueblo le castiga no dándole más bebida; así es que, por la cuenta que le tiene, se comporta».

La droga de Kurt es el trabajo, él monta sus propios ópalos, los vende a los escasos turistas en la antesala de su casa y, a la hora de cobrar, maneja con toda soltura los impresos de las tarjetas de crédito, tan poco acordes con su aspecto rudo y con el confín del mundo en el que estamos. Aunque en White Cliffs abundan los contrastes; posee, por ejemplo, la primera planta experimental de energía solar de toda Australia: sus pantallas giratorias centellean entre el polvo y la calima como un espejismo futurista. «White Cliffs es un lugar estupendo para vivir», dicen los encantadores Leon y Marge Hornby, contemplando afectuosamente las colinas peladas y sedientas. Los Hornby han emprendido un proyecto tremendo: están construyendo por sí solos un primoroso hotel subterráneo con capacidad para cincuenta huéspedes. Con la ayuda de taladradoras neumáticas van arrancando su sueño a la roca viva metro a metro. Es un trabajo colosal.

Porque el turismo es el único porvenir de la zona, amenazada de muerte por el agotamiento de las minas en Broken Hill. Así es que los habitantes de la ciudad se preparan para atraer y recibir a los visitantes; por ejemplo, organizan recorridos turísticos que recorren las entrañas de las alicaídas minas de plata, estrechas y oprimentes galerías que antaño quebrantaron la salud de los mineros y que hoy son pasto de *polaroid*. Y exhiben con orgullo a sus artistas. Porque Broken Hill es el centro de los llamados pintores del *bush*, cuyos cuadros, de factura *naïf* y colores frenéticos, están empezando a alcanzar precios muy altos.

El artista más famoso es Pro Hart, un antiguo minero de cincuenta y nueve años que se dedicó a adquirir cuadros con el dinero que ganaba bajo tierra. Sus propias obras empezaron a cotizarse a finales de los años cincuenta, de modo que en 1966 pudo dejar la mina. Hoy un cuadro de Pro Hart llega a costar millón y medio de pesetas, y en su divertida casa de Broken Hill hay un Rolls Royce gris y un Bentley guinda que dan fe del postín al que ha llegado. «Tengo una de las mejores colecciones de cuadros del mundo», dice Hart con ingenua complacencia: «Sólo me faltan Miguel Ángel y Leonardo». Sin duda exagera un tanto, pero posee una buena selección de pintores australianos, y además un Turner, un Picasso, cinco Dalí, un Chagall, un Mondrian y un Pissarro: un conjunto de obras asombroso para lo remoto del lugar. El *bush* es así: está lleno de sorpresas y de personajes singulares.

Acodada en la barra del *pub* Mario's observo cómo beben cerveza los clientes: trescientas latas de cerveza por australiano al año, dicen las estadísticas. Incluyendo en el cómputo a las mujeres y a los niños de pecho. No hay mucho más que hacer en estos pueblos pequeños. Salir del trabajo e ir al *pub*. En una radio suena música country y, afuera, la tórrida tarde cae levantando ampollas en la acera. Mi vecino de barra se está bebiendo él solo la cuota estadística de unos cuantos bebés. Los parroquianos son rudos vaqueros y mineros, hombretones de brazos tatuados con el sombrero calado hasta las cejas. Pero se emborrachan de una manera mansa e inocente. Broken

Hill es un pueblo agonizante y Mario's es una reliquia del pasado: es la puerta del *bush*, del *outback*. Es el Oeste. Pero en Australia ese pasado permanece aún vivo. Porque el *bush* es la leyenda, el mito cercano de la australianidad.

En esta nación, tan joven y diversa que aún no ha terminado de perfilar su propia imagen, la rudeza de la vida rural es considerada algo así como la raíz de la identidad nacional. *Cocodrilo Dundee*, la celebérrima película australiana, es la ingenua epopeya de un hombre del *bush*: el prototipo de héroe que Australia exporta. Y aunque la mayoría de los habitantes del país viven en ciudades, todos llevan un admirado e idealizado Dundee en la memoria.

Tienen sus razones, por otra parte, para guardar esa fidelidad a la aventura. Porque uno de los rasgos más definitorios de Australia es su cualidad de tierra fronteriza. Es un país a medio hacer en el que casi todo es aún posible; en el que aún hay esporádicas fiebres del oro o ásperos mineros que buscan fortuna en solitario. Más allá de las espléndidas y modernísimas capitales se extiende un mundo salvaje y repleto de misterios: hace tan sólo tres años que nueve aborígenes nómadas salieron de las dunas de Western Australia y encontraron por primera vez a un hombre blanco. Y el pasado mes de enero, un turista alemán de veinte años que se separó de su grupo mientras visitaba la famosa roca Ayers murió de sed antes de poder ser rescatado. Quiero decir que éste es un país inmenso y bronco, sin acabar de domesticar, que impone aún su aplastante personalidad de tierra dura.

Los emigrantes aquí tienen algo de pioneros, porque vienen dispuestos a establecerse para siempre, a domar el suelo, a construir patria. La sociedad abunda en epopeyas personales, historias de aventura y de conquista que palpitan bajo la sofisticación de las ciudades. Australia, que es uno de los países más confortables y ricos del mundo, es también la última frontera.

Esquimales
(1992)

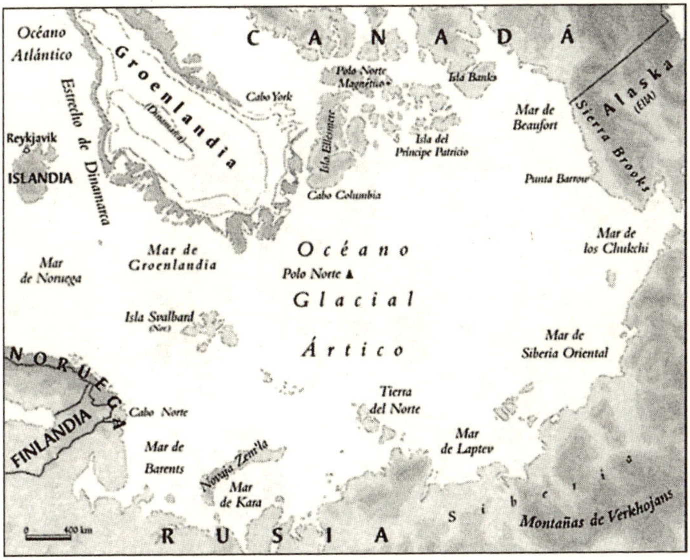
Océano Atlántico
Groenlandia
(Dinamarca)
Estrecho de Dinamarca
Reykjavik
ISLANDIA
CANADÁ
Polo Norte Magnético
Isla Banks
Cabo York
Isla Ellesmere
Isla del Príncipe Patricio
Cabo Columbia
Mar de Beaufort
Alaska
(EUA)
Sierra Brooks
Punta Barrow
Mar de los Chukchi
Mar de Groenlandia
Mar de Noruega
Océano Glacial Ártico
Polo Norte
Isla Svalbard
NORUEGA
FINLANDIA
Cabo Norte
Mar de Barents
Mar de Kara
Tierra del Norte
Mar de Laptev
Mar de Siberia Oriental
Siberia
Montañas de Verkhojans
RUSIA
400 km

POLO NORTE

Inolvidables inuits

Este viaje, que duró unas tres semanas, es uno de los que más me han impresionado de todos los que he hecho. Aprendí mucho sobre lo que somos los humanos, sobre nuestra capacidad de supervivencia y nuestra necesidad innata de la belleza. Porque los esquimales o inuits, que hasta hace muy poco carecían de lo más elemental y habitaban en el medio geográfico más desolado y duro del planeta, siempre realizaron, sin embargo, hermosísimas tallas en huesos de animales. Lo cual me enseñó que la vida humana, incluso una vida tan al desnudo como la de los esquimales, puede poseer un refinamiento extraordinario. A menudo he pensado en ellos, en aquellos inuits con los que hablé, en Amagualik, en Meeka, en Rebeca Mike, y me he preguntado cómo estarán. Los plazos administrativos se cumplieron sin problemas y el territorio de Nunavut existe legalmente desde hace años, pero me gustaría saber cómo lo viven por dentro y si esa gente maravillosa está consiguiendo construir sus sueños.

En el Centro para Mayores de Iqaluit se está celebrando una reunión de ancianos. El edificio es nuevo y confortable, y a través de las ventanas brilla la blancura del mundo: es un hermoso día de abril, no hay viento y fuera sólo estamos a 21° bajo cero. Los viejos, unos veinte o treinta, todos esquimales, se comunican noticias de la comunidad o simplemente hablan los unos con los otros.

Una chica blanca se encarga de la intendencia: en una mesa arrimada a la pared hay café, galletitas dulces y saladas, y mantequilla de cacahuete. Pero los ancianos no parecen hacerle mucho caso a estas delicias. De cuando en cuando alguno se levanta y se va a un cuartito que hay junto a la sala. Me asomo a la puerta: allí, en el suelo, sobre un papel de estraza, en medio del ambiente funcional, novísimo e higiénico, alguien ha puesto dos grandes pedazos de un reno recién descuartizado. Los viejos, en cuclillas, cortan cuadraditos de la carne cruda, congelada y roja, para metérselos luego en la boca con expresión de ausente embeleso: esto sí que es comida, parecen decir, esto sí que está bueno. Los ancianos de Iqaluit han pasado la mayor parte de sus vidas en un iglú y en la Edad de Piedra, y ahora han venido a envejecer y a morir al computerizado siglo XX. Quizá sea un viaje demasiado largo para una existencia.

En el norte de Canadá hay un inmenso territorio que se extiende hasta el Polo. Mares congelados y erosionadas rocas que la nieve ha cubierto hasta hacerlas indistinguibles de las petrificadas aguas. Un desierto helado que quema y que mata, y tan inhóspito que hasta ahora se ha resistido considerablemente a los avances de la llamada civilización. Y, sin embargo, allí han vivido los esquimales y sus antecesores desde hace más o menos cuatro mil años. ¿Qué les impulsaría a quedarse ahí? ¿Qué puede obligar o tentar a un ser humano para echar raíces en semejante infierno, en un medio geográfico que es sin duda el más duro del planeta? Temperaturas de hasta 70° bajo cero, tormentas apocalípticas, diez meses al año de espesísimos hielos y, en el corazón del invierno, largas semanas de noche perpetua, sin poder ver ni siquiera un chispazo de la luz del sol.

Y, sin embargo, se quedaron, se adaptaron al medio, lo vencieron: una rara proeza. Ahora han de superar una prueba aún más dura que los hielos: el choque, normalmente fatal, contra la cultura de los blancos. Pero se diría que lo están haciendo notablemente bien; acaban de firmar un espectacular acuerdo con el Gobierno de Canadá mediante el cual se dividirá en dos la enorme provincia del territorio del noroeste y se creará una nueva región canadiense, llamada Nunavut, que será autogobernada por sus habitantes. Ya se han votado, y aprobado, las nuevas fronteras; en noviembre se ratificará el acuerdo con un referéndum. Nunavut tendrá una extensión de dos millones de kilómetros cuadrados, algo así como cuatro veces España. Y en esa inmensidad viven 22.500 personas, de las cuales 17.500 son esquimales.

Han cambiado mucho los esquimales en los últimos años. Para empezar, ya no se llaman esquimales (nombre que les pusieron los indios cree y que quiere decir 'comedores de carne cruda'), sino inuit, que significa 'las personas' y que es como siempre se han llamado a sí mismos. Los inuit canadienses ya no habitan en iglús; las veintisiete comunidades en las que viven, repartidas por todo el Ártico, son pequeños pueblos de modernas casas prefabricadas, confortables y sólidas. Y hay buenas calefacciones, teléfonos, y televisiones por satélite con treinta canales.

Poseen además un rutilante parque de *snowmobils* (literalmente, 'nievemóviles'), un híbrido entre moto y trineo que ha sustituido por completo al tradicional tiro de perros. Aún se puede encontrar de vez en cuando una reata de huskies blancos y peludos *aparcados* entre los hielos. Pero suele ser un tiro preparado para turistas, que es una de las industrias en desarrollo; el año pasado, por ejemplo, llegaron a Iqaluit 3.200 turistas, una cantidad enorme para la zona.

La ciudad de Iqaluit, en la isla de Baffin, a más de 2.000 kilómetros al norte de Montreal, será la capital del nuevo territorio de Nunavut. Tiene seis bares, tres hoteles, un estudio de televisión y otro de radio con programación en inuktitut (el idioma inuit), un hospital de veintiuna camas, una prisión de veinte, un correccional de doce y treinta taxis que sólo sirven para dar vueltas dentro de la ciudad, porque, naturalmente, no hay carreteras ni manera de ir por tierra a ningún sitio. Aquí, como al resto de las comunidades perdidas en mitad de este desierto congelado, sólo se puede llegar en avión, o en barco, si hay suerte, en agosto y septiembre, los dos meses en los que el mar se deshiela.

En Iqaluit viven 3.300 personas, de las cuales 2.100 son inuit. «Como esta ciudad es tan grande resulta más difícil organizarse», comenta Alice Joamie vicepresidenta del Comité Contra el Alcohol. A Joamie, el lugar le parece enorme porque los inuit siempre han vivido en grupos familiares muy pequeños y desperdigados en unas vertiginosas extensiones de terreno: con los medios tradicionales, las ásperas y enemigas tierras polares no daban para mantener a más personas. De hecho se puede decir que, con sus 22.500 habitantes, el Ártico está superpoblado: es un medio ecológicamente muy frágil.

Fragilidad que, por otra parte, conocen los inuit de manera instintiva. Cazadores y pescadores desde hace siglos, saben muy bien que han de cuidar el medio para que el medio pueda seguir cuidándoles a ellos y a sus hijos. Antes de su conversión (hace medio siglo) al cristianismo, los inuit eran animistas: el aire, las aguas, los hielos, los animales, todo poseía un alma que había que cuidar y aplacar. El respeto al entorno siempre formó parte de la cultura esquimal.

Fueron los blancos quienes trajeron el exceso depredador a las zonas árticas y las crueles carnicerías de focas, las matanzas a palos y el despellejamiento en vivo de miles de ellas, una bestialidad bien documentada con filmaciones que llevó, tras la activa campaña de denuncia de Greenpeace, al colapso del mercado internacional de pieles. En el Ártico odian a Greenpeace: en la temporada de 1964-1965 el norte canadiense vendió 68.000 pieles por un valor de 750.000 dólares, mientras que en 1984-1985 sólo se vendieron 5.000 pieles por un total de 54.000 dólares. Los esquimales, que antes trabajaban para las compañías peleteras, se han quedado sin ingresos. «Pero es que ya no se puede seguir siendo un pueblo de cazadores y de pescadores; hay que estudiar, hay que prepararse, hay que desarrollar otras industrias, como la minería, por ejemplo», dice Bill Adamache, alcalde del pequeño pueblo de Coppermine, en el oeste polar.

Aunque Iqaluit tiene rango de ciudad, y aunque a Joamie le parezca muy grande, lo cierto es que es un pueblecito: unas cuantas casas de madera desperdigadas entre cúmulos de nieve y de hielo. Dos días antes de que llegáramos allí un muchacho de veinte años anduvo pegando tiros con un rifle por las calles del pueblo; había roto con su novia y estaba borracho, y afortunadamente fue reducido por la policía (la famosa Policía Montada del Canadá, que ahora ni está montada ni viste de rojo) antes de que hiciera daño a nadie. Lo contaba la primera página del periódico de la zona, el *Nunatsiak News*, de periodicidad semanal y escrito en inglés e inuktitut. Y es que Iqaluit tiene algo de la clásica ciudad fronteriza, de turbulento hiato entre un mundo sin ley y la civilización, aunque sin duda la civilidad va ganando espacio día a día: «Cuando yo llegué aquí, en 1979, había muchos más problemas sociales que ahora», dice Jim Bell, editor del *Nunatsiak News*. Es en las localidades con más contactos con el Sur, con la cultura blanca, en donde siempre ha habido más problemas. Problemas con las drogas blandas, pero sobre todo con el alcohol. «El 90 por 100 de los delitos están causados por el alcohol», dice Bruce McGregor, uno de los tres policías de Coppermine, en el oeste polar. En Iqaluit, con 3.300 habitantes, 750 personas durmieron la borrachera en la cárcel el año pasado: un 35 por 100.

Todo esto no se advierte fácilmente, sin embargo. No se ven borrachos ni mendigos derrumbados en los portales —quizá porque se congelarían en pocos minutos—. No hay marginación ni miseria evidentes. No hay esa dolorosa indignidad social y ese destrozo humano que uno advierte de inmediato en las reservas indias de Estados Unidos, por ejemplo. Aquí, en el Ártico canadiense, los inuit parecen un pueblo próspero, sereno y orgulloso. Los que a veces amedrentan con su aspecto son algunos blancos: tipos musculosos, malencarados y llenos de tatuajes. «El Ártico es como una puerta giratoria: muchos blancos vienen sólo a ganar dinero, permanecen aquí un par de años y luego se van; entran y salen», dice Bill McConkey, funcionario del Gobierno de Iqaluit.

«De los blancos hemos heredado buenas y malas cosas», explica Meeka Kilabuk, directora del Consejo Regional de Baffin. «Lo peor, las enfermedades: mi madre conoció a gente que jamás enfermó en toda su vida. Y luego están los cigarrillos y el alcohol... El problema es que mucha de la gente blanca que vino aquí no era gente buena...» Eran aventureros, inadaptados del Sur, tipos empujados por la desesperación o la codicia. Algunos de ellos se pasean aún por la crujiente y endurecida nieve de Iqaluit.

Pero en las pequeñas comunidades se ven muy pocos blancos. Como en Pangnirtung, en la isla de Baffin, a la altura del Círculo Polar. En Pan, como todo el mundo lo llama por acortar, viven 1.100 personas, el 98 por 100 inuit. Es una comunidad *seca*: está prohibido traer alcohol.

Pan se encuentra en un fiordo, a la entrada de un parque nacional de inmensos glaciares que en el corto verano polar forman un espectáculo impresionante, tan blancos en medio de la tundra rectilínea y cubierta de flores. Están intentando explotar turísticamente esta rara y exótica belleza, y el año pasado Pan tuvo novecientos visitantes, la mayoría en *camping*, porque la única posada que hay en el lugar, nueva y limpia, pero modesta y con duchas comunales, cuesta la asombrosa suma de 24.000 pesetas por noche y por persona.

Y es que todo es carísimo en el Ártico, porque todo ha de ser traído por avión o en los dos o tres barcos de carga que entrarán en el corto período de deshielo. Una lechuga vale 300 pesetas; una naranja, 70 pesetas; una bolsa de pan de molde, 275. En Iqaluit, una buena casa puede costar 25 millones de pesetas, y si es alquilada, 300.000 o más al mes. Los sueldos que se cobran en el Ártico son los más altos de todo Canadá, pero los gastos son también los más altos, de modo que no es fácil ahorrar. La mayoría de los inuit viven en casas del Gobierno; sólo les cobran una renta mínima, de acuerdo a sus ingresos. Y muchos no ingresan nada: hay comunidades con más del 60 por 100 de desempleo, que dependen por completo del subsidio social.

En Pan, sin embargo, hay bastantes artesanos: hay una cooperativa de tejedores y otra de pintores. Hacen bellos grabados, tapices preciosos, trabajos en lana que se han hecho famosos. Son actividades modernas, de no más de veinte años, pero lo hacen muy bien, quizá porque su tradición artística siempre fue muy rica. Los antiguos trajes hechos en piel de foca poseían unos hermosos diseños geométricos, por ejemplo, y en los huesos de animales tallaban diminutas y exquisitas figuras. Ahora los escultores esquimales trabajan la piedra y hacen objetos más grandes para adaptar su arte al gusto blanco, y unos cuantos artistas han creado así una serie de esculturas asombrosas: osos bailarines, morsas rientes, piezas a medio camino entre lo más primitivo y lo más moderno que se venden a precios astronómicos (varios millones de pesetas) en las galerías de arte del Sur. Se diría, en fin, que los inuit son un pueblo educado en la apreciación de la belleza; en sus casas, hasta en las más modestas, se pueden encontrar detalles estéticos: un vaso con un narciso natural, por ejemplo, traído en avión del Sur a exorbitante precio.

Paseas por Pan y hay 33° bajo cero: el interior de tus narices se escarcha, un minúsculo carámbano en cada vello. Chisporrotea el aire como si tuviera diamantes suspendidos: son pizcas de hielo. El sol se pone interminablemente sobre las petrificadas olas del mar, azuladas y rosas. A la puerta de las casas se ven unas cuantas focas muertas, gordas y rígidas por la congelación, y grandes salmones, tan tiesos y oscuros como barras de plomo. Un poco más allá, un bastidor de madera deja secar la piel de un oso polar recién cazado: en el suelo está la calavera, aún con la carne pegada, la sangre como rubíes cristalizados. Como Pan está al este, todos hablan inuktitut y muchos no entienden inglés. En el este se ha conservado la cultura inuit de manera más pura: aquí han vivido del modo tradicional hasta principios de los años sesenta, esto es, hasta ayer mismo.

Éste es el mítico Norte, que tanto ocupó los sueños y las inquietudes de los humanos: los griegos creían que había una tierra por encima del viento norteño en donde el sol no se ponía jamás, un paraíso habitado por el pueblo feliz de los hiperbóreos. Siglos más tarde llegaron aquí, a buscar y a morir, generaciones y generaciones de hombres curiosos, de exploradores heroicos o quizá insensatos, capaces de afrontar el horror desconocido de las nieves: como Henry Hudson, que descubrió la bahía después llamada de Hudson y que en 1610, tras verse obligado a invernar con el barco atrapado por los hielos, fue abandonado por la tripulación amotinada, junto con su hijo, en un iceberg que les llevó flotando lentamente hasta su muerte. O como la expedición de Franklin, 138 hombres y dos barcos, que desapareció en 1845 buscando el famoso paso del noroeste entre el Atlántico y el Ártico.

Hoy ese Norte legendario y feroz parece dominado. Por aquí han pasado todo tipo de exploradores, y en el pueblo de Resolute, en la zona más septentrional de Nunavut, hay un tipo que organiza marchas de ocho días al Polo Norte por un millón de pesetas. Pero el Ártico no es más que un monstruo dormido. Sus despobladas inmensidades continúan matando, y ni siquiera hace falta irse muy lejos para caer en sus garras. «Hace un par de años se murió un tipo aquí mismo, en Iqaluit», cuenta el funcionario del Gobierno Bill McConkey: «Era en invierno, había tormenta, el tipo salió a dar una vuelta al perro y se congeló».

«El Norte es un mito para los canadienses: el Norte fuerte y libre. Sentimos por los inuit una admiración y una identificación especial, más que por otros indios», dice Jack Stagg, director general en el Ministerio de Asuntos Indios. «Sí, es un mito, pero también es el lugar en donde te matan los hielos y en donde te comen los osos polares. Es decir, el Norte nos da miedo», añade Jim Bell, el periodista: «Así como para Estados Unidos la frontera es el Oeste, nuestra frontera es el Norte. Y mientras que en Estados Unidos se ven a sí mismos como conquistadores, los canadienses nos vemos como supervivientes. Porque sobrevivir aquí es suficiente gesta». Ése es el increíble logro de los inuit: no haber muerto. Desde luego su vida era durísima: es cierto que a los ancianos enfermos se les abandonaba a morir entre los hielos, y que a veces mataban a las recién nacidas porque se necesitaban varones que cazaran. Prácticas brutales de las que, sin embargo, dependía la supervivencia de todo el grupo. En el fascinante libro *An arctic man* (*Un hombre ártico*), de Ernie Lyall, un blanco que se casó con una inuit y vivió como un esquimal desde los años treinta, se cuenta, por ejemplo, cómo una madre amputó, a la altura del tobillo, el pie gangrenado de su hijo de dieciséis años, empleando para ello un *ulu*, el pequeño cuchillo triangular de las mujeres. Y eso sucedió tan sólo en 1948, en esta isla de Baffin que hoy se visita en veloces aviones y que entonces estaba más allá del final del mundo, en la Edad de Piedra.

No hay que confundir, sin embargo, el extremo rigor de la vida con la ignorancia y el salvajismo. La cultura inuit es, al parecer, una de las más ricas y más complejas culturas prehistóricas, y el grado de inventiva y de ingenio técnico al que llegaron es asombroso. Sin apenas poseer recursos (ni siquiera madera: la línea de árboles queda mucho más abajo), los inuit inventaron canoas de dos tipos, arpones articulados y con flotadores, arcos y flechas, casas de hielo o iglús para el invierno, tiendas semisubterráneas de cuero de reno para el verano, lámparas de piedra de aceite de foca, ventanas de hielo transparente para el iglú y de traslúcida tripa de foca para las tiendas, botas impermeables, gafas de hueso contra la blancura cegadora, trineos, raquetas para no hundirse en la nieve fresca...

No poseían, claro está, lenguaje escrito: fue el reverendo Peck, un misionero anglicano, quien adaptó en 1894 el alfabeto silábico de los indios cree a la lengua de los inuit. Ahora están empezando a publicar sus primeros trabajos literarios: cuentos para niños. «Tuvimos que hacer libros de niños en inuktitut que fueran lo suficientemente competitivos con los libros ingleses, y eso es difícil; sin duda estamos ante un reto muy complicado», explica un colectivo de alumnos del Arctic College de Iqaluit, una universidad menor donde se estudian materias como Contabilidad y Magisterio. Y es que estas primeras generaciones de jóvenes instruidos están teniendo que hacer los libros de texto para sus hermanos pequeños. Va todo tan deprisa que es un vértigo.

Pero el inuktitut sigue siendo una lengua muy viva. Al contrario que lo que sucede con muchas lenguas, que simplemente copian de los otros idiomas las palabras técnicas, el inuktitut es capaz de crear vocablos nuevos. Y así, la palabra que traduce «teléfono» significa «instrumento para hablar», y en vez de «computadora» dicen «una cosa que es como un cerebro». Una prueba más, quizá, de la capacidad de adaptación de esta cultura.

Los inuit son cien mil en todo el mundo, repartidos por Alaska, Groenlandia, Siberia y Canadá. Pero los canadienses son los únicos que se han mantenido al margen de la civilización occidental hasta hace tres décadas. Aunque antes había habido balleneros y algún puesto de la compañía peletera Hudson Bay, la cultura del Sur les empezó a llegar en realidad durante la Segunda Guerra Mundial, cuando el ejército llenó el Ártico de aeropuertos estratégicos. El Canadá blanco *descubrió* así a los inuit y advirtió que sus condiciones de vida eran espeluznantes, inadmisibles para un Gobierno que estaba construyendo, tras la guerra, el moderno Estado del bienestar.

En unos primeros años de paternalismo arrasador, los políticos de Otawa quisieron hacer de los inuit unos canadienses más. Ernie Lyall cuenta en su libro la primera campaña de educación: consistía en llevarse a los niños esquimales a estudiar a las escuelas del Sur. Prometían traerles en verano, pero en general no sucedía así («mis tres niños se fueron en 1950 y no regresaron hasta 1955», cuenta el propio Lyall); las familias inuit eran y son muy estrechas, y tanto los padres como los hijos sufrían con todo esto enormemente; los niños, además, se veían forzados a abandonar por completo el inuktitut. «En algunos casos, cuando los críos volvían a casa se sentían lejos de sus padres y ni siquiera podían entenderles, porque un montón de chicos ya no hablaba esquimal», escribe Lyall en su libro.

Después, a finales de los cincuenta, y advirtiendo el dolor que semejante proceso generaba, los canadienses empezaron a construir escuelas en las propias comunidades. Fue entonces cuando los inuit abandonaron su vida seminómada y se instalaron en las casas prefabricadas del Gobierno porque se iban a vivir junto a la escuela para estar cerca de sus hijos. Todo esto sucedió en los años sesenta, y fue también entonces cuando apareció el subsidio social. Pero la educación seguía siendo totalmente en inglés, y el desprecio a la cultura local, la norma absoluta: «Parte de mi vida me sentí avergonzado de ser inuit porque nos dijeron que éramos inferiores. Las cosas empezaron a cambiar a mediados de los años setenta, cuando comenzamos a organizarnos», dice John Amagualik, de cuarenta y cuatro años. John es uno de los más importantes líderes inuit; lleva negociando la reclamación de Nunavut con el Gobierno canadiense desde hace más de una década y es uno de los principales artífices del complejo acuerdo que ahora se ha firmado.

Las cosas comenzaron a cambiar, en efecto, en los años setenta. Cambió la apreciación que en todo el mundo se tenía de las culturas aborígenes y la sensibilidad de la opinión pública ante la tragedia de los pueblos indígenas. Arropados en ese movimiento, los inuit se organizaron y surgieron sus primeros líderes. En 1976 presentaron ante el Gobierno canadiense una reclamación por la propiedad de sus tierras, y ese proceso es el que ahora ha desembocado en la creación de Nunavut. Nunavut será, sin embargo, un territorio como cualquier otro del Estado de Canadá; su autogobierno se elegirá entre todos los habitantes de la región, y si el Gobierno resultante es inuit lo será sólo porque la mayoría de la población también lo es. «Pero la población total es tan escasa que si al crearse Nunavut los inuit no son capaces por falta de formación de cubrir todos los nuevos puestos de trabajo, vendrá gente del Sur y se correrá el riesgo de que los inuit terminen siendo minoría», dice Ben McRury, director regional de Gobierno en Iqaluit.

Los estudiantes del Arctic College también comparten este miedo: saben que una educación competitiva lleva su tiempo y saben que el nivel general es todavía muy bajo. «Pero si no nos arriesgamos no saldremos de este callejón en el que estamos.» Nunavut empezará a funcionar administrativamente en 1999, y en estos ocho años se llevará a cabo un programa intensivo de educación y entrenamiento.

Cuando comenzaron a organizarse, en los años setenta, los inuit crearon una infinidad de comités y asociaciones, y a través de ellos recuperaron un cierto control sobre sus vidas. Las escuelas cuentan desde entonces con comités nativos, por ejemplo, que cambiaron los programas educativos y fomentaron el uso del inuktitut. Y se han creado asociaciones para la sanidad, para la administración de los recursos naturales o para combatir el alcoholismo. «Así hemos ido aprendiendo cómo funcionan las cosas, y además es un tipo de actividad muy acorde con nuestra tradición. Porque nosotros no tenemos costumbre de partidos políticos: nos movemos por consenso», dice Meeka, la directora del Consejo Regional de Baffin.

«Los inuit no tienen tradición política», explica Alastair Campbell, director de desarrollo político del Ministerio de Asuntos Indios: «Muchos pueblos indios poseían instituciones políticas muy desarrolladas. Los mohicanos, por ejemplo, tenían una confederación muy compleja: Benjamín Franklin la estudió y hay un reflejo de su influencia en la Constitución norteamericana. Pero los inuit carecían casi por completo de estructuras jerárquicas». No tenían jefes; había cazadores ancianos de prestigio que capitaneaban las partidas de caza o decidían dónde se emplazaba el campamento. Pero en lo demás se actuaba por común acuerdo.

Quizá han tenido suerte estos inuit norteamericanos al depender de un país como Canadá, que, según el reciente informe de la ONU, ocupa el primer lugar del mundo en desarrollo humano. Un país con inquietudes sociales y muy rico que construye en el Polo, para unos pocos cientos de personas, unos ambulatorios y unas escuelas tan nuevos, bien dotados y formidables, que superan con mucho, desde luego, a los ambulatorios y a las escuelas públicas de España. «Sí, ya les intento yo explicar a los chicos que son ricos, pero todo les parece natural, no se dan cuenta», dice Chris Beacon, profesor de la escuela de Coppermine, con un suspiro.

Pero en esa abundancia quizá esté también el mayor peligro: la Seguridad Social les proporciona casa, calefacción, algún dinero. De ser un pueblo que tenía que hacer milagros para sobrevivir han pasado a ser un colectivo que no tiene nada que hacer y al que se lo dan todo resuelto. No hay apenas puestos de trabajo en el Polo, y los inuit no están preparados para los pocos que hay. Los niveles de fracaso escolar son alarmantes; en toda la zona de Coppermine, con dos pueblos que engloban a unas tres mil personas, sólo dos chicos acabaron sus estudios medios el año pasado. «Es terrible que se les pague por no hacer nada», dice Adamache, el alcalde de Coppermine. «Debería permitirse por lo menos que hicieran trabajos para la comunidad, pero resulta que eso es ilegal.»

Coppermine está en el famoso pasaje del Noroeste, a unos 150 kilómetros por encima del Círculo Polar. Carece por completo de sol durante cinco semanas al año, y en junio, en cambio, no cae jamás la noche. Es un pueblo de cazadores: los domingos, al atardecer, cuando hace buen tiempo, se puede ver regresar a las familias en sus *snowmobils* a través del mar helado, arrastrando trineos cargados de renos muertos: es el equivalente al atasco dominical de nuestras autopistas. Y las calles de Coppermine están llenas de renos ensangrentados, todos tiesos y con las patas engarabitadas apuntando al cielo blanco: entre ese bosque de pezuñas congeladas juegan al escondite los pequeños.

Tiene Coppermine un aspecto próspero, como todos los demás asentamientos inuit. Pero por debajo están esas heridas que no se pueden ver: niños y mujeres maltratados, alcoholismo. «Todo esto se agrava por el hacinamiento», dice el alcalde: «En Coppermine nos faltan por lo menos cien casas; la gente se pone en lista para que el Gobierno les dé una, pero pueden pasar cuatro o cinco años hasta conseguirla. De modo que a veces viven tres familias en una sola casa con tres habitaciones. Y los inuit no están acostumbrados a eso, siempre han vivido en extensiones muy grandes». El pueblo inuit crece muy deprisa y es por tanto muy joven: un 75 por 100 son menores de cuarenta años.

En Coppermine todo el mundo habla inglés: esto está al oeste, y en el Ártico occidental está a punto de perderse el inuktitut. Aquí los niños no se entienden con sus mayores: «Sí, la verdad es que casi no comprendo a mi abuela», dice Amanda Niptanatiak, una chica de catorce años que quiere ser policía. Lo explica muy bien el líder Amagualik: «Ahora, desde finales de los setenta, las cosas han mejorado, pero hay una generación que podríamos denominar generación perdida, que son los que están entre los quince y los treinta años. Éstos no conocen bien el inuktitut ni su propia cultura, pero tampoco saben bien inglés ni pueden competir con los blancos en nada».

Son estos chicos de la generación perdida los que engrosan la tasa de suicidio, la más alta de todo Canadá. Pitse Pffeifer, de veinticuatro años, presidente de la Agrupación de Estudiantes de Baffin, conoce bien esa herida interior: «Varios de mis amigos se han suicidado y muchos tienen un montón de problemas. Es una situación muy dolorosa, mucho, mucho». Sólo en Coppermine, con 1.200 habitantes, ha habido tres suicidios en lo que va de año.

Con todo, los inuit asombran por su capacidad de adaptación. Parece imposible que un pueblo pueda recorrer cuatro mil años de historia en tan sólo treinta sin hacerse pedazos y, sin embargo, lo está consiguiendo. Se les ve más capaces, más sanos, más enteros que ninguna otra minoría indígena que yo haya visto jamás. Además de su propia firmeza y energía sin duda han contado con la suerte de estar demasiado aislados por los hielos. Y así, los blancos han llegado a ellos justo cuando el sentido de culpabilidad histórica ante las culturas indígenas empezaba a llegar a los blancos.

Quiero decir que otros pueblos indios han sido humillados y destrozados durante siglos: es difícil reponerse de eso. Pero los inuit fueron totalmente libres y dueños de sus destinos hasta hace unas pocas décadas. Debe de ser por eso por lo que apenas si hay emigración. Los jóvenes no se quieren marchar; quieren ir a conocer el Sur, y los árboles, y las grandes ciudades. Pero todos regresan al Norte. ¿Por qué?, les pregunté a los estudiantes del Arctic College: «Porque cuando estuve en el Sur no podía ir a mi aire, siempre tenía que esperar algo: a que el semáforo se pusiera verde, o a que llegara el autobús, todo está regulado... aquí la vida es mucho más libre», dijo una. «Porque en el Sur hace demasiado calor», dijo otra: y se estaba refiriendo a los heladores Montreal y Otawa. «Porque somos inuit», contestó el tercero, zanjando así el tema.

La comunidad inuit está llena hoy de personajes fascinantes: hombres y mujeres de cuarenta años que son líderes de su pueblo, personas educadas, inteligentes y cosmopolitas, con casas estupendas llenas de computadoras, *compact discs* y vídeos, y que, sin embargo, nacieron y pasaron sus primeros diez años de vida en un iglú, educándose en la durísima existencia de antaño. Ellos representan mejor que nadie la aventura de su pueblo, el velocísimo viaje hacia el futuro que han emprendido. Como Meeka, la directora del Consejo Regional, que nos invitó a una cena tradicional de reno crudo congelado y piel de ballena cruda, pero, eso sí, todo cortado en pedacitos pequeños y servido bellamente como el más sofisticado plato japonés: estaba muy rico. Esta Meeka, que en los fines de semana, cuando no tiene trabajo, agarra el rifle y se va de caza entre los hielos.

O como Rebecca Mike, de cuarenta años, miembro de la Asamblea Legislativa, que es como el Parlamento de los territorios del noroeste. Una mujer culta y brillante que vivió hasta 1959 según los modos tradicionales y que llamó *padre* a su padre por primera vez a los dieciocho años porque los inuit, que creían en la reencarnación, ponían a los recién nacidos los nombres de los muertos ese año: «Y yo llevo el nombre de una hermana muerta de mi padre, de modo que mi padre y yo siempre nos llamábamos hermano y hermana, y manteníamos ese tipo de relación, y aún la mantenemos».

O como el líder de las negociaciones, John Amagualik: «Sí, el salto en el tiempo ha sido tremendo. Yo mismo nací en una tienda de piel y viajé en trineo de perros. Y ahora he visto a la gente caminando en la Luna y el mundo entero está en la sala de mi casa». No es de extrañar que este vertiginoso tránsito se esté teniendo que pagar con un precio de angustia y de dolor. Pero, con todo, la capacidad de resistencia de los inuit es asombrosa, y es muy posible que consigan incorporarse por completo a la historia moderna sin perder el recuerdo de lo que son.

Pregunto a los ancianos del Centro para Mayores de Iqaluit si tienen alguna nostalgia del pasado. Uno de ellos, consumido y temblón, me contesta por todos: «No, no echo de menos aquello. Todos los viejos a los que preguntes te dirán lo mismo. Era una vida muy difícil: esto es mucho mejor». Y prefiere el presente pese a los problemas, y a la falta de trabajo para sus hijos y a que sus nietos ya no les respeten ni les entiendan. El hombre se llama Celestine Erkidjut; a su lado está Pauline, su mujer, que también parece muy anciana, pero sólo tienen sesenta y un años: la dura vida que vivieron de jóvenes les ha devorado. No se puede detener el latido del tiempo.

Sahara, la tierra prometida
(1992)

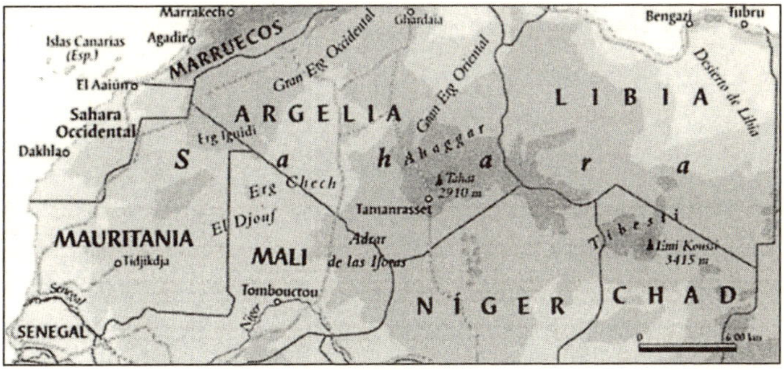
Marrakech
Islas Canarias (Esp.)
Agadir
MARRUECOS
El Aaiún
Sahara Occidental
Dakhla
ARGELIA
Gran Erg Occidental
Ghardaia
Gran Erg Oriental
Erg Iguidi
Erg Chech
El Djouf
MAURITANIA
Tidjikdja
MALI
Adrar de las Ifoгas
Tombouctou
Níger
Senegal
SENEGAL
Ahaggar
Tahat 2910 m
Tamanrasset
Bengazi
Tubru
LIBIA
Desierto de Libia
Tibesti
Emi Koussi 3415 m
NÍGER
CHAD
S a h a r a
0

SAHARA

Un parking en el desierto

Parecía que se estaba rozando la solución, parecía que el cielo estaba cerca, pero han pasado diez años desde que hice este reportaje y los saharauis siguen enterrados en ese agujero atroz del Norte de África, en el desierto de la hammada, *un pedregal infame. Los saharauis son un pueblo pequeño, carecen de petróleo y no disponen de más bienes que su sensatez, su innegable verdad y su capacidad política. Podrían haber recurrido al terrorismo, pero no lo han hecho; y nosotros, los occidentales, les pagamos ignorando ignominiosamente sus reclamaciones. Y aun así, ellos siguen en su lucha. Persisten en una gesta sobrehumana de resistencia, intentando no perder la dignidad. No sé si fue en este viaje a los campamentos o en algún otro cuando vi una escena conmovedora de esa indomable voluntad de ser: frente a los pobres barracones de recepción, en la inmensidad plana, indistinguible y vacía del desierto, alguien había marcado en el suelo, con piedrecitas blanqueadas con cal, unos primorosos rectángulos de aparcamiento. Un intento absurdo, pero justamente por eso épico y glorioso, de civilizar la salvaje* hammada.

En un rincón de la *jaima*, Calima, la hermana pequeña, hace saltar de vaso a vaso el riquísimo y espumoso té verde. El infiernillo de butano en el que prepara la infusión está metido dentro de una tosca caja de madera adornada con dibujos de colores: es para que la llama no se apague con el viento que se cuela dentro de las *jaimas*. Porque el viento sopla muy a menudo en la reseca e inhóspita *hammada*; y de vez en cuando se desata el siroco, un huracán caliente cargado de arena, un vendaval que araña, que ciega y que asfixia, capaz de reventar los cordajes de las tiendas como si fueran hilos y de llevarse las *jaimas* por los aires, arrasando poblados enteros.

En invierno hace frío, y en verano las temperaturas llegan a los 50º. La *hammada* argelina es un lugar imposible, inhabitable. Y, sin embargo, ellos llevan 16 años habitándolo. «¡Ojalá te destierren a la *hammada*!», rezaba una antigua maldición saharaui. Porque no hay una tierra peor, más dura o más reseca: es un feroz desierto de piedra en el que no sobreviven ni las víboras. Y, sin embargo, ellos, los saharauis, sí sobrevivieron. El destino les desterró al infierno de sus maldiciones y ellos consiguieron conquistarlo.

Piensa Mama ahora en todo esto y siente orgullo. ¿Cómo explicárselo a la periodista que tiene frente a ella? ¿Llegará a entender un extraño lo que es, lo que ha sido esta lucha? Ahora, en la recta final hacia el referéndum —que no es recta, sino llena de curvas y trampas marroquíes, y que a lo peor ni siquiera termina en el referéndum, sino de nuevo en una horrible guerra—, la *hammada* se ha llenado de extranjeros: los enviados de las Naciones Unidas y los integrantes de la Minurso (fuerzas de la ONU para el Sahara), y los informadores venidos de todas partes del mundo. Por eso Mama está en estos momentos sentada en su *jaima* hablando con una periodista española, que le ha pedido que le cuente su vida. ¡Su vida! ¿Y por dónde empezar? Lamina, la hermana pequeña, sigue cumpliendo los ritos de la hospitalidad y sirve el burbujeante té en los pequeños vasos. Afuera el sol de la tarde ilumina el desierto parduzco y un vientecillo fino agita las lonas y la ropa colgada a secar entre las tiendas.

(Se llama Mama Sidi Abdelhadi, nació en El Aaiún y tiene treinta y cuatro años, eso es lo único que sabe de ella la periodista. Mama está vestida con la alegre túnica tradicional, de vivos colores; es una mujer guapa y entrada en carnes con un rostro terso y expresivo. Tiene una boca risueña, como hecha para disfrutar y reír mucho; pero los ojos, profundos y serios, manchan de gravedad el semblante entero.)

Frunce el entrecejo Mama y piensa en su infancia en El Aaiún. O, mejor dicho, en su adolescencia. Sus padres disfrutaban de una buena posición económica: tenían una tienda de ropa de mujer. Por eso Ahmed, el hermano mayor de Mama, estaba en Tenerife haciendo selectividad y preparándose para entrar en Medicina. Ahmed podía estudiar, porque era varón. Mama, en cambio, sólo asistió cinco años a la escuela primaria, y aun eso ya era extraordinario, porque las niñas no solían pisar las escuelas. En 1975, tras casi un siglo de colonización española, el 99 por 100 de las mujeres saharauis eran analfabetas. La misma madre de Mama, por ejemplo, no sabe ni leer ni escribir.

A Mama le encantaba estudiar, y lloró de pena cuando la sacaron de la escuela. Como siempre fue una chica voluntariosa y de fuerte carácter, siguió aprendiendo por su cuenta y consiguió sacarse, desde casa, el título de graduado escolar. Leía cuentos y la revista *Diez Minutos* para mejorar su castellano, y luego, cercana ya la muerte de Franco, también leía *Cambio 16* y otras revistas políticas. Pero eso fue cuando Mama ya se había hecho independentista, cuando ya se había concienciado.

Porque de chica a Mama le parecía que todo estaba bien. Venía de una familia de posición desahogada y sin problemas, y además el padre, de talante moderado, pensaba que los hijos (y con más razón las hijas) no debían meterse en la política. Pero en 1973 se creó clandestinamente el Frente Polisario, una organización que comenzó a extenderse entre los jóvenes como un fuego entre retama seca. A ella, a Mama, la captaron unas amigas en el mismo 1973, y empezaron a hablarle de la libertad y de la independencia, de que el colonialismo no era bueno, de que tras tantos años de Administración española el pueblo seguía sumido en la ignorancia y la pobreza. Todo esto le decían. Pero por donde Mama empezó a interesarse, lo que primero le convenció y le abrió los ojos, fue la situación de la mujer. «Escucha», le decían, «la revolución independentista sacará a la mujer de su encierro doméstico, del atraso, del analfabetismo». Y eso sí lo conocía Mama, esa injusticia sí la había vivido. Ésa fue su puerta de entrada en la lucha, y luego llegó todo lo demás. Tenía quince años cuando se metió en una célula clandestina del Frente Polisario.

Hacían reuniones. En esta época sobre todo hacían reuniones, intentando convencer, instruir y enseñar a nuevas adeptas. Y así se extendía vertiginosamente la palabra, y para 1975 la gran mayoría de los jóvenes pertenecían al Frente o eran cuando menos simpatizantes. En esa primera época Mama nunca sintió miedo.

Pasaron los meses y comenzaron las manifestaciones. La situación se caldeaba por momentos: el Sahara empezaba a ser un polvorín. La influencia del Frente estaba creciendo de tal modo que la Administración española creó un partido paralelo y domesticado, el PUNS. En mayo de 1975, cuando llegó al Sahara la comisión de la ONU, la Administración organizó una manifestación autorizada del PUNS. Pero al amparo de esa convocatoria las calles se llenaron con las banderas del Polisario.

Para entonces, todo el mundo era independentista y además estaban convencidos de que España les iba a dar la independencia. De que no les iba a traicionar entregándoles a la codicia de Marruecos. Eso aseguró el príncipe Juan Carlos en su última visita a la zona, eso decían los políticos españoles: «Estamos dispuestos a defender el Sahara hasta la última gota de nuestra sangre». Los saharauis se llevaban bien con sus colonizadores: el Frente Polisario siempre decía que sus reivindicaciones eran contra la Administración, no contra el pueblo. «España es ahora nuestra madre. Nadie entre los saharauis debe robarle ni un saco de carbón», dijo en agosto de 1975 El Uali, líder del Frente, entusiasmado por los buenos auspicios. Con las encendidas promesas que todos los prohombres españoles hacían, ¿cómo no confiar en ellos?

Pero llegó septiembre, y luego un mes de octubre ominoso y oscuro. Los militantes del Frente, que manejaban una información más completa, empezaron a temer la invasión de Marruecos: «La situación geográfica del Sahara Occidental es demasiado importante: es casi imposible que España se marche sin que Marruecos ocupe el país», decían en las reuniones de célula al analizar la situación. De modo que empezaron a prepararse para los malos tiempos, por si acaso. Y aún antes de que Marruecos anunciara la Marcha Verde, los polisarios ya habían hecho una selección entre su gente: los que se marcharían en caso de invasión, por un lado, y, por otro, aquellos menos significados que deberían quedarse. A Mama le tocó permanecer en El Aaiún. Ella hubiera preferido marcharse, pero era una mujer disciplinada y aceptó su destino.

Aunque los militantes del Frente empezaban a sospecharse lo peor, la mayoría de la población seguía confiando en la palabra de los españoles. Por eso, cuando llegó noviembre y Marruecos lanzó la Marcha Verde sobre el Sahara y se hizo evidente que España les iba a dejar abandonados, los saharauis reaccionaron como se reacciona ante una traición: con incredulidad y desolación. Un buen número de los españoles que vivían en el Sahara se mostraron entristecidos e incluso indignados ante el cariz que estaban tomando los acontecimientos, y, desde luego, el ejército colonial no veía con buenos ojos la entrega del Sahara a Marruecos; pero a esas alturas la solidaridad individual de unos cuantos españoles ni siquiera servía de consuelo.

Recuerda Mama ahora aquella conferencia que dio el delegado del Gobierno (¿o era el secretario del Movimiento?) en una escuela de El Aaiún. Eran los últimos días, la Marcha Verde estaba a pocos kilómetros y los españoles habían rodeado ya la ciudad con alambre de espino. Porque la Administración española cercó El Aaiún con alambradas, como si fuera un campo de prisioneros, como si lo hubiera acordado con Marruecos para impedir que los saharauis se escaparan. Todo cercado y sólo una salida, hacia la playa, que guardaba el ejército. Por esa salida se escaparon todos, pese al toque de queda, escurriéndose por debajo de la cinta transportadora de fosfatos. Por esa salida huyeron, mientras los soldados españoles disimulaban: ya está dicho que el ejército estaba en contra de la entrega a Marruecos. Hubo incluso dos o tres legionarios españoles que se fueron con los saharauis, y uno de ellos llegó a permanecer varios años en la *hammada* argelina, en los campamentos de refugiados.

Aquella conferencia del político español, recuerda ahora Mama, fue un par de días antes del final. La escuela, cercada por el alambre erizado de púas, tenía algo de campo de concentración, de ciudadela en estado de sitio. La sala estaba llena de estudiantes desesperados e iracundos. «Os voy a dar un consejo», gritaba el alto cargo, subido a la tarima, intentando hacerse oír por encima del tumulto: «Os voy a dar un consejo, vosotros sois un pueblo pequeño e inexperto, no caigáis en el error de iniciar una ofensiva directa contra Marruecos...». Nadie le prestaba atención, todos gritaban. «¡Escuchadme! ¡Si os enfrentáis directamente os exterminarán!» Pero los estudiantes le abucheaban. Y entonces el español se echó a llorar, porque estaba hablando con el corazón. Se le caían las lágrimas al hombre, ahí arriba, encima del estrado, mientras la sala se venía abajo con los pateos y los insultos de los jóvenes, que sólo veían en él lo que también era: el representante de un Gobierno que les había rodeado de alambre de espino, como si fueran un rebaño de corderos que ha de ser llevado al matarife.

El 14 de noviembre de 1975, en fin, se firmó en Madrid el acuerdo tripartito por el cual España dividió el Sahara en dos porciones y las entregó a Mauritania y a Marruecos. Y empezó la tragedia. Salieron los niños, los ancianos, familias enteras. Huían por la noche, a pie, desierto a través, sin más bienes que la ropa que llevaban encima, sin agua, sin comida, sin saber hacia dónde dirigir sus pasos. El hermano de Mama, Ahmed, abandonó Tenerife de inmediato y se incorporó a las rudimentarias fuerzas saharauis, un ejército que se estaba improvisando de la nada; resulta que Ahmed también pertenecía al Frente, aunque toda la familia lo ignorase. Una mañana, en los primeros días, se presentó en casa la madre de una amiga de Jalia, una de las hermanas de Mama: «¿Se quedó anoche mi hija aquí con el toque de queda?». Mama fue al cuarto de la niña: no había nadie y faltaba ropa en el armario. Jalia había huido con su amiga. Tenía solamente catorce años.

Fueron tiempos muy tristes, con la familia rota, sin saber nada de Jalia ni de Ahmed. Mama continuaba con sus reuniones clandestinas del Frente, y en ellas recibía algunos informes sobre la situación. Las noticias eran todas terribles: Marruecos bombardeaba a los saharauis fugitivos con napalm, y en los campamentos de refugiados que empezaban a organizarse en la *hammada* argelina las gentes se morían de hambre, de enfermedad y de miseria: hubo días en los que fallecieron más de quinientos niños en un solo asentamiento.

Y las cosas aún habrían de empeorar. A los dos meses, Mama, que tenía por entonces diecisiete años, fue detenida y sometida a tortura por los marroquíes. Pero era la primera vez que Marruecos encarcelaba a mujeres, y los jefes de tribu ejercieron una presión tan fuerte que dos meses después la dejaron libre. Fue entonces, en su primera *caída*, cuando su familia se enteró de que pertenecía al Frente. Salió Mama de la cárcel con el temor de que su padre le impidiera seguir militando, pero se encontró con la sorpresa del respeto y el apoyo familiar.

Cuando salió libre, Mama quiso huir del Sahara, pero el Frente insistió en que se quedara. De modo que se quedó y siguió militando. En junio de 1976 detuvieron a su enlace, y a través de él cayeron 170 personas en El Aaiún y 70 en Smara. También detuvieron a Mama: la torturaron durante un mes seguido. Después se pasó dos años en prisión, sin juicio. Ella y los demás presos saharauis hicieron una huelga de hambre durante siete días para pedir que les juzgaran. Fueron sólo siete días sin comer, pero murieron veinticinco personas. Porque estaban deshechos por la tortura, por la pésima alimentación, por las enfermedades, por los malos tratos. En 1978, cuando al fin salió de la cárcel, Mama se enteró de que su hermano Ahmed había muerto en combate: una bala se le había incrustado en la cabeza.

Entonces, al salir de prisión, decidió casarse. ¡Oh!, no, no estaba enamorada; no disponía de tiempo para eso. Pero necesitaba casarse para poder ser libre. Así es que trató a un chico durante un par de meses y luego se convirtieron en marido y mujer. La cosa salió bien, y con el tiempo llegaron a enamorarse. El hombre no pertenecía al Frente, pero, también con el tiempo, se hizo militante. Tuvieron un primer hijo en enero de 1979 y otro en 1981. Ese mismo año se escapó su marido para irse al frente de combate. Y ella se quedó en El Aaiún con los dos pequeños y con su terror.

Porque estaba aterrorizada. Cada cuatro o cinco semanas venía la policía marroquí a por ella; llegaban en mitad de la noche o en la madrugada. Se la llevaban a la comisaría y la interrogaban durante horas. Habían conseguido obsesionarla: era incapaz de conciliar el sueño. Durante años Mama no pudo dormir; sólo caía en un agitado sopor, de cuando en cuando, con ayuda de píldoras. Su hermana más pequeña, Lamina, había huido en 1979, pero ella estaba muy vigilada.

Al fin decidió irse fuera como fuese. Fue en 1984. Dejó a su niño pequeño, que tenía dos años y medio, con su madre, y se llevó a Nih, el mayor, que ya tenía cinco años. Se fue con una amiga y con la hija de ésta, una niña de diez años. Cogieron un avión a Agadir, y de ahí un autobús a Rabat, y después otro autobús a Ujda, una ciudad marroquí casi lindante con Argelia. Allí cogieron un taxi y fueron hasta un pueblecito cercano a la frontera. Iban vestidas con los mantos blancos de las mujeres argelinas, un disfraz que les facilitaron unos amigos de la clandestinidad, y, así ataviadas, con los niños de la mano, anduvieron seis horas hasta la frontera y cruzaron la línea a pie, a través del campo.

Al otro lado les esperaban los compañeros del Frente, que las trasladaron a Argel, y de allí, una semana más tarde, a los campamentos de refugiados de la *hammada*. Acababa de llegar Mama al barracón de adobe que es el centro de recepción de los campamentos cuando entró una mujer muy sonriente: «A mí me parece que sois unas marroquíes disfrazadas...», bromeó la desconocida. Y de súbito dejó de ser desconocida: ¡era Jalia, su hermana, la que se había fugado a los catorce años y de la que no sabía nada desde 1977! Mama se puso muy contenta; pero, con todo, aún le había emocionado más ver ondear la bandera saharaui sobre los barracones. Por esa bandera, por la idea de libertad que representaba, Mama lo había dado todo.

Sí, eso había sido muy duro. Había sido terrible. Cuando despegó el avión en El Aaiún hacia Agadir, en ese instante en que las ruedas corrieron por la pista y supo que dejaba definitivamente atrás a su hijo, al Sahara, a su familia, Mama sintió ganas de llorar. Pero no pudo hacerlo.

(«¿No lloró porque no podía usted permitirse ser débil?», pregunta la periodista española, sin entender. «¡Nooo!», contesta Mama agitando la cabeza, «¡no podía llorar porque hubiera llamado la atención, porque me vigilaban, porque me hubiera delatado! Por eso ni siquiera pude llorar cuando lo perdí todo...». Ya es casi de noche, aún no han encendido la luz de butano y el interior de la *jaima* está muy oscuro. La silueta de Mama se recorta contra la puerta de la tienda: a través de la penumbra destellan sus ojos con un temblor líquido. No había llorado antes, no se le había quebrado la voz al hablar de las torturas, ni de la cárcel, ni del hermano muerto. Ahora calla y permanece erguida, luchando fieramente contra las lágrimas. «Pero todo esto acabará algún día y usted podrá regresar a su tierra», balbucea la periodista, que no sabe qué decir. «Sí. Soy consciente de que esto terminará y de que la independencia llegará», musita Mama con firmeza, cerrando nuevamente su herida con mano de acero.)

Aquí, en Tinduf, en los campamentos, Mama estudió durante dos años en la escuela Veintisiete de Febrero y luego trabajó como maestra, dando clases hasta el año pasado. Ahora dirige un taller de artesanía: tapices, corte y confección. La vida en los campamentos es durísima desde un punto de vista material: carecen prácticamente de todo y han de trabajar de sol a sol. Pero a Mama le gusta. Aquí puede leer todo lo que quiere, y disfruta enseñando. Y lo más importante: está tranquila. Los dos primeros años que pasó aquí tenía pesadillas por las noches: soñaba que seguía en El Aaiún y que la policía marroquí venía a por ella. Pero entonces se despertaba y, en la oscuridad, escuchaba el silbido del viento entre los cordajes de las tiendas. Y se sentía arropada por la calma infinita del desierto.

Aquí se ha reunido con su marido, aunque a causa de la lucha se ven muy poco: solamente unos días cada tres o seis meses. En los campamentos también está su hermana Jalia, y de vez en cuando viene de vacaciones la pequeña Lamina, que está en Libia estudiando Ciencias Políticas en la universidad. La otra hermana, la única que queda en El Aaiún, fue encarcelada en 1986, y ahora acaba de llegar la noticia, aún sin confirmar, de que ha sido puesta en libertad. Es decir, que sigue viva. Porque no sabían nada de ella desde su detención, y la cárcel marroquí es un lugar del que muchos no vuelven. En cuanto a su hijo pequeño, el que quedó en el Sahara, hace tres años que no tiene noticias de él.

Mama está en el censo que hicieron los españoles, de modo que, si al fin se celebra el referéndum, ella volverá a El Aaiún para votar. Hace un año Mama creyó que ya estaban al final de este largo y doloroso camino. Hace un año se disparó en todos los saharauis la esperanza. Pero los meses pasaron y las expectativas se fueron pudriendo. Lamina, la hermana estudiante, sirve la última ronda de té dulce y caliente. El invierno asoma por el horizonte, turbio e incierto; pero si hay que seguir luchando, seguirán. Aunque haya que volver a apagar en el corazón las ilusiones que despertó el plan del referéndum. Dulces ilusiones que calentaron el ánimo de los saharauis y les llenaron de impaciencia. Y así, muchos de ellos, tras llevar en la *hammada* diecisiete años, comentan que este otoño hay más cucarachas que nunca, o que éste ha sido el verano más caliente. Pero no es verdad: todo sigue igual y las temperaturas son las mismas. Son los sueños de volver. Es el deseo.

Sombras chinas
(1996)

RUSIA
KAZAKHSTÁN
MONGOLIA
KIRGUIZISTÁN
Tian Shan
Desierto de Takla Makan
Lop Nor
Altin Tagh
Kunlun Shan
Altiplano del Tíbet
Nan Shan
Desierto de Alag Shan
Desierto de Gobi
Manchuria
Qiqihar
Jiamusi
Harbin
Jilin
Fushun
Anshan
Pekín
Tangshan
Lüda
COREA DEL NORTE
COREA DEL SUR
Taiyuan
Shijiazhuang
Jinan
Quindao
Mar Amarillo
Xining
Lanzhou
Xi'an
Zhengzhou
Nanjing
Shanghai
Hangzhou
Wuhan
Hefei
Chengdu
Zigong
Chongqing
Changsha
Nanchang
Mar de la China Oriental
Kunming
Guiyang
Liuzhou
Canton
TAIWAN
Océano Pacífico
Zhanjiang
Mar de la China Meridional
FILIPINAS
NEPAL
BHUTÁN
Everest 8848
INDIA
BANGLA-DESH
MYANMAR (BIRMANIA)
VIETNAM
LAOS
THAILANDIA
Golfo de Bengala

CHINA

Triste y secreta

Lo más notable de China es lo poco que sabemos del país, aunque ahora las relaciones con Occidente sean aparentemente más fluidas. Hay algo enorme e impenetrable en esa sociedad antiquísima, sufriente y sofisticada. Recuerdo un amanecer en Xi'An: el mundo era todo de color gris, las aceras, las casas, el aire húmedo y desabrido, el cielo melancólico, la ropa de la gente, las bicicletas viejas en las que transitaban. Sólo los fogones callejeros de los puestos de comida, que preparaban el desayuno, ponían unos chispazos rojos en la tonalidad plomiza general. Cientos de personas, miles, abigarraban las calles a esa hora temprana, obviamente dirigiéndose al trabajo. Todo tan triste, tan esforzado, tan conmovedor, tan calladamente heroico.

No creo que haya en todo el mundo una ciudad comparable a Shanghai. A las tres de la madrugada me acerco a la ventana de mi habitación del hotel: es el Piso 24, y la hoja de cristal está herméticamente cerrada. A pesar de ello, a pesar de la hora, de la altura y del vidrio que me aísla del exterior, Shanghai palpita en torno a mí con indecible estruendo: tintineos, ronquidos de motores pesados, entrechocar de hierros. Late la ciudad en la noche como una herida abierta, creciendo y creciendo por segundos: al alcance de mi vista puede haber ahora mismo treinta o cuarenta torres en construcción frenética, treinta o cuarenta rascacielos de espectacular y modernísimo diseño en los que un ejército de disciplinados peones trabaja las veinticuatro horas del día. Shanghai nunca detiene su fulminante desarrollo.

Y esto no es más que un pequeño rincón de la ciudad. Por todas partes se alzan centenares de despampanantes edificios a medio hacer: los arquitectos extranjeros más famosos se han venido a jugar aquí a las casitas. El 5 por 100 de todas las grúas pluma del mundo, las grúas más grandes de la construcción, se encuentran en Shanghai: todas cabeceando, y picoteando, y afanándose en su labor como descomunales grullas. No debe de haber en todo el planeta otro lugar con un ritmo de crecimiento semejante.

Así es que las calles retumban con el fragor de la albañilería, pero también con la agitación de una población afanosa. Las calzadas están permanentemente colapsadas por una mezcla infernal de bicicletas y automóviles, y en las aceras se apretujan muchedumbres. Hay tiendas relucientes con las mejores firmas internacionales, atestados pasos elevados para los peatones, pantallas gigantes de alta definición en las glorietas y unos cuantos callejones miserables y polvorientos. Grandes carteles pintados a mano (*dazibaos*) anuncian que el «Eye level impact creates demand» ('El impacto visual crea demanda'): es una publicidad de la publicidad, porque Shanghai entera está en venta. Su puerto es el cuarto más importante del mundo, y su avenida principal, Nanjing Road, es la tercera calle comercial más cara de la Tierra, después de Hong Kong y Nueva York: un metro cuadrado vale 654.000 pesetas (en la calle madrileña de Serrano, que es la más cara de España, el metro cuesta 156.000 pesetas).

Desde que Deng Xiaoping inició la reforma aperturista de China en 1979, Shanghai se ha convertido en una especie de buque insignia del cambio. Quieren hacer de este lugar uno de los centros financieros, económicos y comerciales del mundo, y quieren hacerlo a toda prisa. Por eso ruge Shanghai mañana y noche, un dragón crecedero dispuesto a ocupar su lugar entre los nuevos dragones de Asia: si China continúa a este ritmo, se comerá económicamente al mundo en poco tiempo. Shanghai tiene algo de fantasía futurista a lo *Blade runner*, entre la sordidez y el lujo posmoderno. Es un ambiente fronterizo: a juzgar por sus calles, hipnotizantes y frenéticas, no sabría decir si Shanghai está viviendo el último día antes del Apocalipsis o el primer y caótico día después de una brutal metamorfosis.

Enorme. Todo es enorme en China, desde su territorio hasta el número de habitantes, 1.200 millones, esto es, un quinto de la población mundial. Cuando empiezas a leer estadísticas y cifras del país, escritas en toda su dimensión de mareantes ceros, el vértigo es inevitable: la masa laboral está compuesta por 605,9 millones de personas; 880 millones de chinos viven en el campo, y el resto, en las ciudades; 1.110 millones de individuos pertenecen a la nacionalidad han, que es abrumadoramente mayoritaria, mientras que las otras cincuenta y cinco nacionalidades que hay en China se reparten una minucia de 90 millones de habitantes.

Enorme es también la historia de este pedazo del planeta: la dinastía Xia, la primera, se remonta al siglo XXI antes de Cristo. Inventaron el papel, la brújula, la imprenta, la pólvora, y poseen una rica literatura escrita en la misma lengua desde hace 2.500 años: una tradición de longevidad incomparable. Sin embargo, no entraron con buen pie en el mundo moderno: llegaron al siglo XIX arrastrando un obsoleto e inhumano sistema feudal, y en 1840, con la Guerra del Opio, cayeron en manos del imperialismo occidental, y a partir de entonces no fueron más que títeres de las potencias europeas. En la Primera Guerra Mundial, los aliados obligaron a los chinos a declarar la guerra a Alemania, pero al acabar la contienda, el Tratado de Versalles concedió a los japoneses los antiguos territorios alemanes en China. Esa injusticia intolerable sublevó a los chinos: las protestas culminaron en 1919 en un fuerte movimiento revolucionario. Fue entonces cuando nació el maoísmo, aunque Mao no llegaría al poder hasta 1949 (el año de la liberación, como le siguen llamando ellos), tras vencer a los nacionalistas de Chiang Kai-chek y echarles a Taiwan. Entre medias quedaron tres guerras y mucho dolor. Como cuando la Larga Marcha, en 1933: Chiang, ayudado por Estados Unidos, tenía sitiado a Mao, y éste, para romper el cerco, organizó una marcha de 120.000 campesinos que atravesaron el país hasta alcanzar el norte. Fue una carnicería: sólo llegaron 12.000.

Enorme el sufrimiento de este pueblo a lo largo de los siglos. El gigantismo de su realidad proporciona a las tragedias que han vivido un patetismo épico. Como los terribles años del maoísmo, tan bien reflejados en *Cisnes salvajes*, de Jung Chang (editorial Circe), un libro espléndido. Ahí está todo: la época de las Cien Flores, cuando Mao fomentó la crítica abierta sólo para poder acabar así con los disidentes; o el Gran Salto Adelante, un plan demencial para multiplicar la producción: para que el pueblo pudiera dedicarse intensivamente al trabajo se deshicieron las estructuras familiares, de modo que hombres y mujeres dormían en barracones colectivos segregados por sexos, las comidas se hacían en cantinas estatales y los niños eran incautados por el Gobierno para ser educados en internados (este disparatado plan no sólo provocó la angustia de los ciudadanos, sino también un estrepitoso fracaso económico). Y aún queda lo más atroz: la época de la Revolución Cultural, de 1966 a 1976, año en que murió Mao. Fue una década infernal de caos, torturas, represión y deportaciones en masa. Un librito que reparte ahora la Embajada china califica aquel período de tragedia. En la China de hoy, la Revolución Cultural es contemplada como algo aborrecible.

No así Mao, por supuesto. Mao sigue siendo intocable dentro de la doctrina oficial; y la doctrina oficial es prácticamente la de todo el mundo: hay disidentes importantes en China, pero carecen de un apoyo social apreciable. De mayor, cuando Mao se hizo muy viejo, perdió el contacto con la realidad y fue engañado y confundido por los que le rodeaban, explica juiciosamente Ho, nuestra traductora: «Pero fue un buen revolucionario, un buen político, un buen poeta, y sacó a China del semifeudalismo y semicolonialismo en el que estábamos». Ho tiene veintitrés años, y es muy inteligente, rápida, moderna: una perfecta representante de la nueva China, ávida de apertura y democracia. Pero aun así, el papel del viejo líder le resulta indiscutible, aunque me parece que Mao ya no es visto como un líder político: ha ascendido a los cielos y ahora es una especie de santo, un diosecillo amistoso y lejano. Su presencia sólo se advierte en Tiananmen, la emblemática plaza de Pekín, en donde cuelga una gran foto suya (la única que he visto en todo el viaje) y serpentea la cola de fieles que van a visitar su mausoleo. Pero los chinos de hoy no piensan en Mao, no citan a Mao, no le echan de menos. Creo que hoy les preocupan mucho más los dividendos, las inversiones, el mercado, el porcentaje de crecimiento, el bienestar. Al fondo de la gigantesca plaza de Tiananmen, justo frente al retrato de Mao, centellea la gran M amarilla de McDonald's.

Prodigioso. Pensando en lo que acabo de decir, resulta aún más prodigioso que este país tremendo haya conseguido el nivel que tiene. Son muchísimos, arrastran una trágica historia feudal y colonial a las espaldas y poseen una estructura tercermundista. Y sin embargo, en China no existe esa miseria desesperante que se extiende sobre dos tercios del planeta. Hay pobreza, por supuesto, pero no esa realidad ignominiosa y desahuciada que se ve en la India, por ejemplo. Desde que comenzó el Plan de Reforma y Apertura, en 1979, China ha crecido económicamente a un ritmo medio del 9 por 100 al año. En 1975, la renta *per cápita* eran 273 yuanes; en 1993 había ascendido a 2.111 (un yuan son 150 pesetas). En 1949, el 80 por 100 de la población era analfabeta. Hoy sólo lo es el 24 por 100 y están a punto de alcanzar la plena escolarización. En el librito oficial de la embajada dicen que, de los 880 millones de chinos que viven en el campo, 270 beben agua potable transportada por acueductos: lo cuentan como un gran logro, y sin duda lo es, pero es una muestra de las descomunales dificultades a las que se enfrentan en su camino hacia el futuro.

Gran parte de la clave de este éxito reside en el control de natalidad. Hoy las parejas con un solo hijo gozan de ayudas fiscales y estatales, preferencia en la adjudicación de viviendas, plaza en las guarderías. Si tienen un segundo niño, no sólo pierden todas estas ventajas, sino que han de pagar retroactivamente el dinero que el Gobierno les dio por el primero (los campesinos pueden tener un segundo hijo, y las minorías nacionales tienen derecho a más). Sí, es una manera bastante brutal de regular el ámbito familiar y una intromisión inadmisible en la libertad individual, pero, por otra parte, ¿qué se puede hacer cuando un país pasa de tener quinientos millones de habitantes a tener ochocientos tan sólo en veinte años (de 1949 a 1969)? Y desde entonces acá ha añadido otros quinientos millones, pese a las drásticas medidas de control que empezaron a aplicarse desde 1970. Sin esas medidas, no sólo China se habría ido al garete, sino que el planeta entero estaría en riesgo. Es como el cuento de *Las mil y una noches*: pon un grano de arroz en un cuadro de un tablero de ajedrez, y luego vete duplicando las cantidades en las casillas siguientes: dos granos, cuatro, ocho. No hay arroz en el mundo suficiente para cubrir la exorbitante suma.

Mujeres. Otro de los problemas añadidos de una planificación familiar tan cruda y dura es el infanticidio femenino. En China hay una costumbre milenaria de matar niñas, porque su tradición cultural ha desdeñado también milenariamente a la mujer: Confucio sostenía que la función de las hembras era la procreación y que no debían aprender a leer ni escribir. La revolución maoísta puso desde el principio un fuerte énfasis en la liberación femenina; se promulgaron leyes prohibiendo el matrimonio a la fuerza y el concubinato, y las constituciones socialistas han declarado la absoluta igualdad de derechos para ambos sexos. Pero es difícil borrar milenios de tradición en unas décadas, y cuando se implantaron los controles de la natalidad se incrementó el asesinato de recién nacidas, que es una práctica ilegal, naturalmente. Hoy hay en China un 49 por 100 de mujeres y un 51 por 100 de hombres, justo al revés que en el resto del mundo: la diferencia es producto del infanticidio o del aborto selectivo, aunque en China están prohibidas las ecografías, justamente para que no se pueda conocer el sexo con anticipación.

Hace algunos meses Europa se estremeció con unos espeluznantes reportajes de la BBC sobre el maltrato a las niñas chinas en los asilos. Yo no dudo que existan esas atrocidades, y sobre todo no dudo que en 1992 las autoridades quisieran tapar el escándalo de un asilo especialmente horrendo para no empeorar la imagen internacional de China. De modo que bienvenidas sean estas denuncias, que siempre fuerzan a las autoridades del país a poner más cuidado en la vigilancia de sus infiernos. Pero aun así, hay algo en los reportajes que me resulta un tanto turbio: cierto sensacionalismo, quizá, y un evidente etnocentrismo. Esos asilos espantosos no son privativos de China: escenas semejantes se pueden encontrar en todo el llamado Tercer Mundo, y, lo que es aún más grave, incluso en el Primero (como los terribles asilos de ancianos que a veces se descubren en España).

Lo cierto es que la mujer china ha dado un enorme salto hacia adelante en las últimas décadas, sobre todo, claro está, en la población urbana (en las ciudades, por cierto, está casi igualado el número de niños y de niñas). La Asamblea Nacional, que equivale a nuestro Parlamento, tiene un 21 por 100 de mujeres: en España hay un porcentaje parecido, y la media europea es del 9 por 100. Hay una viceprimera ministra, una consejera de Estado y tres ministras: una de ellas de Comercio Exterior, una cartera fundamental en el Gobierno actual. Pero las zonas rurales más atrasadas siguen siendo terribles para la mujer. Es ahí donde matan a las niñas recién nacidas, ahí mueren de pequeñitas por desatención o por abandono, y ahí continúan atrapadas en un atraso de siglos. De hecho, el 48 por 100 de la población femenina es analfabeta, aunque las cifras globales del país sólo lleguen al 24 por 100. Lo que quiere decir que prácticamente todos los varones saben leer y escribir, mientras que casi la mitad de las mujeres siguen privadas del poder elemental de la palabra.

Sombras. No son sólo las febriles calles de Shanghai las que ofrecen un ambiente crepuscular y fronterizo, a medias entre el pasado y el futuro, entre el fin y el principio: se diría que China entera está en estos momentos basculando sobre el umbral del cambio, todo un país enorme apoyado sobre la punta de los dedos. Su territorio actual es un mundo de imprecisiones y de sombras, como lo fueron los primeros momentos de la transición española. Y así, en la China de hoy parecen coexistir el país real y el país oficial, cada uno tirando hacia su lado; y nadie sabe bien qué está prohibido y qué permitido, en dónde están los límites del mundo. Por ejemplo: continúa existiendo la censura previa de publicación, tanto para los libros como para las revistas y periódicos, de manera que toda obra impresa necesita un número de registro para editarse. Pero hoy florece un rico mercado negro de números de registro, de manera que se editan infinidad de publicaciones ilegales que no se venden en las librerías oficiales, sino en los mercadillos de la calle. Y justamente esos libros y esos periódicos son los que alcanzan mayor difusión. Muchos novelistas de prestigio han empezado a publicar en los dos canales, en el oficial y en el real.

Da la sensación de que las autoridades chinas no quieren que aquí suceda lo que ha pasado en Rusia: el colapso total del país, el caos, las mafias organizadas. Para evitarlo quieren hacer la reforma económica antes que la política, pero saben que los cambios han de ser extremadamente rápidos para que la presión popular no les desborde, como sucedió en los países del Este: de hecho, a punto estuvo de desbordarles cuando la matanza de Tiananmen. Hoy, muchos intelectuales que apoyaron a los estudiantes de Tiananmen dicen que prefieren la cautela y que tienen miedo a la desestabilización de un país tan colosal. «De todas maneras, ahora la apertura es imparable, irreversible», dicen Wang Zhou Sheng y Zhao Li Hong, dos novelistas de Shanghai. Debe de ser cierto: la apertura se respira en el aire. Nadie controla nuestros pasos, nadie pone trabas a nuestras peticiones, ningún tema está prohibido con nuestros interlocutores chinos y todos parecen poder expresarse con un grado de libertad bastante notable.

Debe de ser cosa de la consabida flexibilidad china. Para no ser sobrepasados por el ansia de apertura de los ciudadanos, los dirigentes se doblan, son flexibles. Inventan la cuadratura del círculo: el sistema de mercado socialista. Y fomentan la iniciativa privada, y la coexistencia del país real: pero no cambian las leyes, y en cualquier momento pueden sacar las garras del poder absoluto.

Hace unos meses, por ejemplo, condenaron a catorce años de cárcel al disidente Wei Jingsheng, que ya llevaba quince años en prisión: las organizaciones internacionales consideran que el juicio fue una pamema y que lo único que ha hecho Jingsheng es defender las ideas democráticas. Además, en China ejecutan alrededor de dos mil personas al año: por droga, por proxenetismo y últimamente sobre todo por delitos de corrupción económica. Falsear unas cuantas facturas del IVA te puede llevar en China al paredón, como de hecho ha llevado ya a unos cuantos. Quiero decir con todo esto que, pese al evidente aperturismo, no es un país fácil ni blando ni en el que se respeten primorosamente los derechos humanos (claro que también en Estados Unidos ejecutaron el año pasado a cincuenta y seis personas, y eso que su población es cinco veces menor que la de China).

Palabras. Dentro de las muchas Chinas que hoy se dan a la vez, hay una, la más burócrata y anquilosada, que sigue manteniendo las palabras muertas del régimen antiguo. Como cuando el libro oficial de la embajada explica que en China existen desde 1949 ocho partidos democráticos además del Partido Comunista: «Los partidos democráticos de China no son partidos de la oposición, sino partidos amigos del Partido Comunista [...], con el que mantienen una relación de coexistencia duradera y supervisión mutua, trato recíproco con el corazón en la mano e íntima compañía tanto en la gloria como en la desgracia». Magnífica pieza de la palabrería orgánica que demuestra una vez más la capacidad para cuadrar el círculo que tienen los chinos.

Pero además de esas palabras roñosas, China retumba de palabras nuevas, palabras que antes no se dijeron y que ahora se dicen, palabras libres: como en toda transición, la gente está ansiosa por hablar. Voy a China en un intercambio con escritores; hablo con novelistas, con dramaturgos, con poetas. Los encuentros los organiza la Federación de Círculos Artísticos y Literarios, la asociación de la que supuestamente dependen todos los escritores del país, además de los bailarines, los calígrafos, los acróbatas. ¿También los periodistas? No, los periodistas pertenecen a la Federación de Propaganda.

Hasta hace poco, estas asociaciones vertebraban toda la vida nacional: eran como los sindicatos verticales. Pero ahora el país real les está rebasando y ya hay muchos escritores y artistas que van por libre. Los más altos mandos de la federación siguen siendo los típicos burócratas, pero entre los novelistas convocados hay gente estupenda. Hablan del cambio de orientación de la literatura china actual, de que se busca la expresión personal y se va abandonando la vertiente moralizante. Varios de ellos cuentan que empezaron a escribir cuando vivían aislados en el campo, y al principio me creo que, por una rara coincidencia, todos ellos son hijos de labriegos. Pero no, es que tienen cuarenta años y pasaron su juventud bajo el terror de la Revolución Cultural: lo que quiere decir que estuvieron deportados en los campos de trabajo. Así de extraño, así de azaroso y duro es el pasado reciente de los chinos.

Tradición. Este país es fascinante: se te mete debajo de la piel. Y su gente, sobre todo su gente. Los chinos, emotivos, expresivos y muy sociables, son como los mediterráneos de Oriente, mientras que los japoneses son como los alemanes (lo dice Fukuyama, el de *El fin de la historia*). Es muy fácil relacionarse con ellos: son comerciantes por tradición y amigables por temperamento. El extremo dogmatismo del maoísmo, pues, debió de ser una doble aberración para esta gente tan flexible y sensata.

Me hubiera gustado poder conocer una China más intacta en su herencia cultural: quedan pocos residuos del pasado. Muy poco de su hermosísima arquitectura clásica, destrozada a lo largo de los siglos por las sucesivas guerras y revueltas, y arrasados los restos durante la Revolución Cultural. Y tampoco queda mucho de las costumbres, de la memoria de los mayores, de la esencia y el mito de una sociedad tan añeja. En la vecina Singapur, por ejemplo, que es uno de los nuevos dragones asiáticos, la aplicación de un capitalismo feroz e implacable parece haber destruido menos, sin embargo, la identidad cultural de los diversos pueblos que ahí conviven. Pero en China el maoísmo quiso acabar con el pasado y partir de cero, y, junto con los excesos de una sociedad casi feudal, borró también la memoria de todo un pueblo.

Por eso puedes ver hoy en Pekín escenas tan tristes como la del templo de los Lamas. Desde la apertura de Deng, en China existe libertad religiosa, así que el hermoso templo está en servicio, aunque los turistas, en su inmensa mayoría nacionales, pasean por él con el mismo respeto con que trotarían por un mercado. Pues bien, en el edificio principal hay una soberbia estatua de Buda: mide veintiséis metros de altura y fue tallada, en 1748, de un tronco de sándalo de una sola pieza. Y en la puerta de la capilla hay dos placas de bronce colocadas en 1990 que anuncian, con patético orgullo, que ese Buda es un récord del Guinness por estar hecho de un solo árbol. Una tradición metafísica milenaria como es el budismo, un edificio tan hermoso, un Buda bellísimo, y esas horribles placas. La quincalla de Occidente lo ensucia todo.

Karaoke. Las putas de Shanghai son guapas, modernas y usan teléfonos móviles. Suelen anidar en los *karaokes*, que hacen furor en toda China. En Pekín está de moda el jazz entre las clases educadas; el rock es visto todavía con considerable suspicacia por el poder (no lo emiten aún por televisión), y el pop arrasa mayoritariamente: por cierto que en todos los taxis se puede escuchar a Julio Iglesias cantando en chino.

Aquí el pop es meloso y horrible, está compuesto por cancioncillas románticas que suenan todas iguales, y de ese material blando y pegajoso se nutren los *karaokes*, que son la auténtica droga nacional: están por todas partes, hasta en el pueblo más remoto. A estos locales acuden los chinos en tropel y se pasan las horas muertas acurrucados en la oscuridad de las salas. Pero de cuando en cuando se aferran al micro, y tararean insulsas cancioncillas, y aparecen en la gran pantalla de vídeo del local como si ellos fueran las estrellas del pop, los protagonistas del espectáculo de la vida. Como si así se pudieran subir, en un abrir y cerrar de ojos, a ese mundo ajeno y brillante de lo occidental, a un simulacro de modernidad tan barato como el récord del Guinness. Ruge Shanghai por arriba, construyendo sólida y vertiginosamente su futuro, y por abajo, en los sótanos de los *karaokes*, los chinos cantan palabras ajenas entre las sombras.

Alaska, un país a medio hacer
(1998)

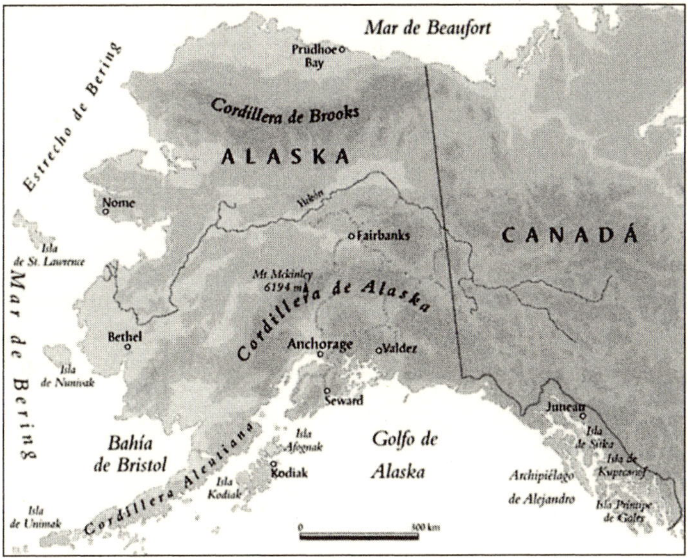
Mar de Beaufort
Prudhoe Bay
Estrecho de Bering
Cordillera de Brooks
ALASKA
Nome
Fairbanks
CANADÁ
Isla de St. Lawrence
Mar de Bering
Mt Mckinley 6194 m
Cordillera de Alaska
Bethel
Anchorage
Valdez
Isla de Nunivak
Seward
Juneau
Bahía de Bristol
Isla Afognak
Golfo de Alaska
Isla de Sitka
Isla de Kupreanof
Kodiak
Archipiélago de Alejandro
Isla Kodiak
Cordillera Aleutiana
Isla de Unimak
Isla Príncipe de Gales
0
300 km

ALASKA

Un avión ensangrentado

Me marché de Alaska un domingo por la noche, en un vuelo que partía de Anchorage e iba directo a Seattle, en Estados Unidos. El avión iba lleno de energúmenos con ropa de camuflaje, gorritas paramilitares y racimos de latas de cerveza en las manos. Eran cazadores norteamericanos, que subían los fines de semana a las tierras del Norte, para matar. Y cómo mataban: todos ellos arrastraban hatillos de despojos recién arrancados a sus propietarios. Cuernos de reno ensangrentados, garras de oso con sus piltrafas de carne, cabezas envueltas en mantas goteantes, orejas desgarradas. Un horrendo material de casquería que embutieron en los armarios de encima de los asientos. Todo el avión apestaba a sangre y muerte, mientras los cazadores reían y exageraban y se emborrachaban. Esta escena, delirante pero auténtica, define para mí a la perfección la relación de expolio que el Sur siempre ha tenido con Alaska.

Alaska es una tierra rudimentaria y bella que se parece enormemente a su propio tópico. Todas las señales de tráfico del país están destrozadas a balazos. Todas las emisoras de radio ponen música *country*. Todos los pueblos están rodeados de chatarra, de coches destripados y lavadoras roñosas. Exagero, pero muy poco: sólo lo justo para atinar con la verdad.

Su belleza roza ciertamente lo incomparable. Tiene las montañas más negras y más afiladas que jamás he visto, cabalgadas por los glaciares más azules. Hay bosques intrincados de abedules y abetos; ríos tan poderosos como el Yukón; inquietantes lagos negros escondidos entre pantanos; fiordos colosales por los que navegan rebaños de icebergs y, por supuesto, la tundra, en ocasiones desolada como una luna cenagosa, a veces cubierta por una explosión de flores diminutas, o salpicada por abetos raquíticos y medio podridos, componiendo un paisaje fantasmal.

La naturaleza tiende a ser descomunal en estas tierras y, así, tienen, o eso dicen, el monte más alto de toda América del Norte, el McKinley, con más de seis mil metros de altura y la cabezota coronada de perpetuos hielos.

He visto sus fotos (están por todas partes) y se trata de un picacho escarchado y espeluznante; pero me he pasado cuatro días en sus faldas, que conforman el parque nacional más famoso de Alaska, y jamás conseguí atisbar ni el más mínimo fragmento de la montaña, constantemente cubierta de tenebrosas nieblas. Tal vez el McKinley ni tan siquiera exista, y las fotos sean instantáneas retocadas del Kilimanjaro.

Esto me da pie para hablar del clima, protagonista fundamental de la vida de Alaska. Como dicen todas las guías para desconcierto de los turistas, el tiempo es muy cambiante. Eso significa que llueve durante horas, luego sopla el viento, chaparronea, truena, hay niebla, diluvia, después vuelve a llover, sale el sol una mañana, cae una tormenta, hay un vendaval, llueve, vuelve a diluviar, graniza, gotea. O sea, es cambiante dentro del apartado de lo horrible. En invierno se pasan ocho o nueve meses cubiertos de nieve con el termómetro a 40° bajo cero (en algunas zonas a 70° bajo cero). En agosto, la temperatura máxima oscila entre los 8° y los 12° mojados, ventosos y desapacibles. Sin embargo, los alaskanos (o alaskitas, o tal vez alaskienses) visten pantalones blancos y camisas de manga corta; ponen el aire acondicionado en los locales públicos (¿cómo se les ocurrió ni siquiera *instalarlo*?), y en su defecto abren de par en par las puertas de los restaurantes para que haya corriente, como si se encontraran en el Caribe. Se les ve un poco encogidos en sus atavíos estivales, pero ¡qué demonios!, a fin de cuentas estamos en verano y ellos son gente dura. Así es Alaska.

El país triplica la extensión de España, pero tiene poco más de 600.000 habitantes. Casi la mitad (240.000) viven en Anchorage, que no es la capital política (rango que detenta Juneau), pero sí la ciudad más importante de Alaska: un lugar agradable, modestamente moderno, provinciano. Pero la verdadera Alaska es lo demás, ese inmenso territorio despoblado e inaccesible. Hay muy pocas carreteras asfaltadas, a las que hay que sumar un puñado de pistas de gravilla o tierra. En total, casi nada. Muchos pueblos remotos y minúsculos sólo tienen acceso por barco o por aire, con pequeñas avionetas e hidroaviones.

De modo que Alaska sigue siendo una tierra formidable y agreste apenas domesticada por los humanos, que se han limitado a regar la geografía del país con sus coches rotos y una variadísima colección de desperdicios: palas excavadoras oxidadas, bidones agujereados, herramientas roñosas, viejas maquinarias de alguna antigua mina (Alaska es un país minero). En el valle más hermoso siempre hay un camión podrido y patas arriba, de la misma manera que en el fiordo más espectacular siempre hay vanos centenares de feísimos remolques caravanas, en primera línea de la costa, destrozando de manera irremediable el panorama.

Es cierto que, en un país con una geografía y un clima tan duros, resulta muy difícil deshacerse de los desperdicios: si vives en mitad de un bosque y a trescientos kilómetros de cualquier lugar civilizado, ¿qué puedes hacer cuando tu coche se rompe definitivamente? Pero, además, se me ocurre que los alaskanos (o alaskitas, o alaskienses) no han terminado de desarrollar cierto sentido cívico y social. Y es que lo más fascinante de este lugar es que se trata del país más *joven* de la Tierra. Salvo unos mínimos asentamientos rusos en la costa, y la poco numerosa presencia de cuatro pueblos prehistóricos e indígenas (incluyendo a los interesantes esquimales), la habitación de Alaska comenzó hace ahora justamente un siglo, cuando, en 1898, estalló la fiebre del oro del Yukón, y en tres meses llegaron 40.000 personas. De manera que Alaska, como país moderno, sólo tiene cuatro generaciones, considerando como tercera y cuarta a la gente que hoy está en torno a los cuarenta y a sus hijos. La ciudad de Anchorage se fundó cuando, en 1915, un grupo de pioneros se reunieron en un territorio hasta entonces salvaje, e hicieron lotes de terreno y los subastaron. Desde una perspectiva europea, esta falta de pasado es mareante.

¡Y qué tipo de pioneros eran! No se trataba de granjeros, que hubieran tenido una ambición de perseverancia, de pertenencia y de mejora, además de la memoria de una tradición. Eran aventureros sin raíces, que querían hacerse millonarios en dos días, explotar el país y luego irse. Se diría que la historia de Alaska ha estado marcada por ese afán de esquilmar la tierra, por ese descuido y esa falta de sentido de construcción civil. Alaska fue primero un territorio ruso del que se sacaban pieles de animales, hasta que, en 1867, el zar se lo vendió a los norteamericanos. Durante mucho tiempo, el país fue prácticamente una *colonia*; al fin, en 1959, se convirtió en un Estado más de Estados Unidos. Pero sigue siendo *diferente*.

Después de la explotación de las pieles, llegó el oro; y luego, el salmón y la pesca del halibut, practicada también con tanta avidez que en algunos sitios las artes de arrastre acabaron con los fondos marinos. En los años setenta apareció el petróleo; y ahora empieza a desarrollarse el turismo, pesca y caza: a lo peor, y si no tienen cuidado, tal vez en pocos años acaben con la fauna. Porque Alaska es sin duda un país a medio hacer, crudo y elemental. Esta tierra es la frontera, pero la frontera de verdad, no la de Hollywood; y, en la realidad, las fronteras son incómodas, y rudas, y poco civilizadas, y los lugareños destrozan a tiros las señales de tráfico, y no les molesta demasiado vivir entre basuras. Aquí todo es tan reciente y tan auténtico que el piloto del barquito de turistas que recorre el río Nenava trabaja de trampero durante los nueve meses del invierno; y en la viejísima y resquebrajada piscina de Circle Hot Springs, un remoto hotelito de aguas termales que hay en mitad de la nada, compartes el baño sulfuroso con los mineros de la zona, unos tipos barbudos y paupérrimos que parecen sacados de una película y que siguen buscando oro por los montes. Ése es el atractivo de Alaska: además de los lentos icebergs que crujen contra la quilla del barco, y de los osos que se cruzan en tu camino, y de los lobos que te miran con sus hermosos ojos amarillos. Mientras duren, al menos.

Rosa Montero en

punto de lectura